后浪电影学院 109

创造难忘的人物
CREATING UNFORGETTABLE CHARACTERS

［英］琳达·西格（Linda Seger）／著　高远／译

海峡出版发行集团
海峡文艺出版社

图书在版编目（CIP）数据

创造难忘的人物 /（英）琳达·西格著；高远译
. -- 福州：海峡文艺出版社, 2025.8
ISBN 978-7-5550-3733-0

Ⅰ.①创… Ⅱ.①琳…②高… Ⅲ.①人物塑造—研究 Ⅳ.①I042

中国国家图书馆 CIP 数据核字 (2024) 第 091285 号

CREATING UNFORGETTABLE CHARACTERS: A Practical Guide to Character Development in Films, TV Series, Advertisements, Novels & Short Stories by Linda Seger
Copyright © 1990 by Linda Seger
Published by arrangement with Henry Holt and Company, New York.
All rights reserved.
本书中文简体版权归属于银杏树下（上海）图书有限责任公司。
著作权合同登记号：图字 13-2024-024

创造难忘的人物

[英] 琳达·西格 著　高远 译

出　　版：海峡文艺出版社
出版人：林　滨
责任编辑：林可莘
地　　址：福州市东水路 76 号 14 层
电　　话：(0591) 87536797（发行部）
发　　行：后浪出版咨询（北京）有限责任公司
选题策划：后浪出版公司
出版统筹：吴兴元
编辑统筹：陈草心
特约编辑：江舟忆　孙　珊
装帧制造：墨白空间·李渔
营销推广：ONEBOOK

印　　刷：天津中印联印务有限公司
经　　销：新华书店
开　　本：690 毫米 × 960 毫米　1/16
印　　张：13.5
字　　数：180 千字
版次印次：2025 年 8 月第 1 版　2025 年 8 月第 1 次印刷
书　　号：ISBN 978-7-5550-3733-0
定　　价：45.00 元

后浪出版咨询(北京)有限责任公司　版权所有，侵权必究
投诉信箱：editor@hinabook.com　fawu@hinabook.com
未经许可，不得以任何方式复制或者抄袭本书部分或全部内容
本书若有印、装质量问题，请与本公司联系调换，电话 010-64072833

本书献给我的家人

我的父母——阿格尼丝·西格与莱纳斯·西格
我的姐妹们——霍利与芭芭拉

推荐语

在这本书里，琳达·西格手把手带着我们探索戏剧的核心——剧中人，他们会教会我们关于自身的东西。这本书真是独特、令人着迷。对每一位认真的写作者来说，这是必读之书。
——巴里·莫罗，编剧，作品《雨人》《比尔靠自己》《卡伦·卡朋特的故事》

琳达·西格为电视和电影编剧提供了一堂短而精的课程。雕琢和提升剧本的终极秘诀就是——提升人物。没有琳达，我不知道我们该怎么把这项工作做到最好。
——芭芭拉·科蒂，哥伦比亚电影电视公司前总裁，《警花拍档》联合创剧人

本书里的基本要点能帮助我们理解角色，把角色纳入剧本。它提出了一些能够为写作者带来灵感的问题。它是一份宝贵的工具，能够在电影中创造出栩栩如生、令人难忘的人物。
——杰里米·卡根，编剧，制片人，导演，作品《抉择》《狼女传奇》

提升人物是写小说过程中最难的一部分。琳达·西格创造了一种思考方式，让写作者对其他人变得更为敏感，以新方式观察他人的生活。
——罗宾·库克，小说家，作品《昏迷》《突变》《侵害意图》

这本书是一个宝贵的资源，能创造丰满而吸引演员的人物。
——黛安娜·克里滕登，《证人》《黑雨》《星球大战》选角导演

目 录
Contents

前　言 ··· 1

第 1 章　研究人物
1.1　总体研究与特殊研究 ·· 7
1.2　背　景 ·· 8
1.3　文化的影响 ··· 9
1.4　历史时期 ··· 11
1.5　地　域 ·· 13
1.6　职业的影响 ··· 15
1.7　从总体研究中创造特殊研究 ···································· 17
1.8　特别的研究小技巧 ··· 18
1.9　要花多长时间？ ·· 19
1.10　个案研究：《迷雾森林十八年》 ····························· 20
　　　课后实践 ·· 22

第 2 章　定义人物：一致性与矛盾性
2.1　如何开始？ ··· 26
2.2　观　察 ·· 26
2.3　整合体验 ··· 28
2.4　外貌描写 ··· 29
2.5　人物的核心 ··· 32
2.6　添加矛盾性 ··· 34

i

2.7	添加价值观、态度和情感	35
2.8	细化人物	42
2.9	个案研究：《夜鹰热线》	44
	课后实践	46

第3章 创造幕后故事

3.1	你需要知道哪些幕后故事信息？	50
3.2	幕后故事揭示什么？	53
3.3	你需要多少幕后故事信息？	56
3.4	小说中的幕后故事	56
3.5	电视剧中的幕后故事	58
3.6	什么情况下需要幕后故事？	59
3.7	个案研究：《墨菲·布朗》	60
	课后实践	63

第4章 理解人物心理

4.1	内在幕后故事如何定义人物？	66
4.2	无意识如何决定人物？	73
4.3	个性差异如何创造人物？	75
4.4	反常行为如何定义人物？	80
4.5	个案研究：《普通人》	85
	课后实践	88

第5章 创造人物关系

5.1	如何在吸引和冲突之间取得平衡？	90
5.2	人物关系中的反差	94
5.3	到哪里寻找冲突？	98
5.4	人物如何改变彼此？	100

	5.5	运用这些元素创造人物	101
	5.6	创造三角关系	105
	5.7	个案研究:《干杯酒吧》	109
		课后实践	113

第 6 章　添加辅助人物和次要人物

	6.1	功　能	116
	6.2	运用辅助人物增添色彩和质感	123
	6.3	充实人物	130
	6.4	创造反派	131
	6.5	个案研究:《飞越疯人院》	134
		课后实践	137

第 7 章　对白写作

	7.1	什么是潜台词?	141
	7.2	什么是糟糕的对白?	144
	7.3	对白写作技巧	157
	7.4	个案研究:朱尔斯·费弗	161
		课后实践	163

第 8 章　创造非现实人物

	8.1	象征人物	166
	8.2	非人类人物	168
	8.3	幻想人物	172
	8.4	神话人物	174
	8.5	个案研究:《回到大魔域》	180
		课后实践	183

第 9 章　超越刻板描写

9.1　脱离刻板形象 ……………………………………… 187

9.2　如何使这些人物变得立体？ ………………………… 190

9.3　个案研究："电影中的女性"卢米纳斯奖 …………… 191

　　　课后实践 ……………………………………………… 194

第 10 章　解决人物的难题

10.1　人物不可爱的问题 ………………………………… 196

10.2　理解人物的问题 …………………………………… 196

10.3　人物模糊的问题 …………………………………… 197

10.4　商业性的问题 ……………………………………… 198

10.5　辅助人物的问题 …………………………………… 198

10.6　故事的问题 VS 人物的问题 ……………………… 199

10.7　突破的技巧 ………………………………………… 200

10.8　个案研究：《走出非洲》中的丹尼斯·芬奇 – 哈顿 ……… 201

　　　课后实践 ……………………………………………… 204

后　　记 ………………………………………………………… 205

附　　录　"电影中的女性"卢米纳斯奖评奖标准 ………… 207

出版后记 ………………………………………………………… 208

前　言

很多年前，一位电视制片人前来拜访我。她的剧本遇到了人物方面的问题。某位颇具名望的演员已经出演了这个角色，但却没有什么发挥的余地。在咨询期间，我们对这个人物的情感层次、性格的其他维度及其潜在的变化出了一些主意。后来，该演员因出演这个角色而获得了艾美奖提名。

几个月之后，又有人来找我咨询。这次是一部系列剧的制片人，他们陷入了麻烦——收视率很低，电视台威胁要撤销此剧。尽管演员表演得很出色，人物大体上也得到了很好的描绘，但人物还是没有多少延伸的可能性。在晚间的讨论会中，我们想出了一些潜在的冲突，能够延伸人物维度的故事话题，已经出现在剧中但尚未得到挖掘的、富有活力的人物关系，以及能够不断吸引观众的东西。制片人们很兴奋，并着手调整方向。可惜他们太迟了，电视台已经决定撤销该剧。从此以后，剧中那些多才多艺、广受欢迎的明星们再也没有上过其他的剧，尽管他们曾在过去取得了巨大的成功。

无论在何种情况下，对一个成立的故事而言，人物都是其中的关键。如果人物不能成立，光有故事和主题是不足以吸引观众和读者的。回想一下小说《飘》（Gone with the Wind）、《杀死一只知更鸟》（To Kill a Mockingbird）、《简·爱》（Jane Eyre）、《汤姆·琼斯》（Tom Jones），戏剧《莫扎特》（Amadeus）、《危险的关系》（Les Liaisons Dangereuses）、《玻璃动物园》（The Glass Menagerie），电影《卡萨布兰卡》（Casablanca）、

《安妮·霍尔》(Annie Hall)、《公民凯恩》(Citizen Kane),电视剧《我爱露西》(I Love Lucy)、《全家福》(All in the Family)、《蜜月伴侣》(The Honeymooners)中的那些难忘的人物吧。甚至像《48小时》(48 HRS.)、《致命武器》(Lethal Weapon)、《虎胆龙威》(Die Hard)这样的动作片,或者《猛鬼街》(A Nightmare on Elm Street)这样的恐怖片,其成功也应归结于人物得到了有力的、良好的描写。

创造难忘的人物是一个过程。尽管某些创作者认为这是教不出来的,但作为一名剧本顾问,我发现还是有些程序和概念能够有效地改善人物。在和许多颇得赞誉的创作者的对话中,我也学到了一些技巧和方法。正是通过它们,伟大的创作者创造出了伟大的人物形象。

我也知道,编剧们面临的难题和制片人、导演、行政人员、演员们面临的难题是一样的。这些人都需要定义人物,提出正确的问题并找到有效的解决方案。

本书中的概念与各种虚构人物的创造有关。这些概念都基于我从事戏剧教学、剧场导演和近十年来从事剧本咨询时发现的某些原则。为了使书中的概念得到清晰的表述和确认,我访问了三十余位创作者。他们中包括小说家、电影编剧、电视剧编剧、戏剧家、广告创意人。鉴于我的业务集中在电影剧本方面,书中的大多数例证选自电影和电视剧。大多数文学作品例子均来自已被翻拍成电影的小说和戏剧,其翻拍影片或原著多少都是为读者熟悉的作品。在我和小说家的对话中,他们也确认了所有与电影、电视有关的人物概念同样适用于小说。

由于我的前一部书《编剧点金术》(Making a Good Script Great)已经探讨了人物与故事和结构的关系,这本书中,我就不再重复了。我将在本书中着眼于创造丰满人物以及人物关系的过程。如果你是个写作新手,那么这些过程将有助于你明白在没有灵感时如何应对。即使你是位有经验的作者,你也偶尔会发现笔下的某个人物不能成立,那么回顾一下这些过程将有助于你理解自己凭本能所做的事情。

经由知识和想象的结合方能创造出人物。本书的目的在于帮助你进行创作，通过阅读本书，你将最终创造出有力的、立体的、难忘的人物。

致　谢

我将深深地感谢

献给我的编辑辛西娅·巴尔坦
我的两本书都与她合作
感谢她的真知灼见和鼓励为我提供了不受压抑的创作氛围

献给我的经纪人玛莎·卡瑟曼
感谢她的辛勤工作和清晰头脑

献给我的朋友和同事达拉·马克斯
她提供了出色的建议、原创的观念
并在我的写作过程中给予了重要的情感支持

献给伦尼·费尔德
他为本书起了书名，以及感谢他的职业水准和好点子

献给凯瑟琳·勒泽尔和大卫·奥茨
他们带来的头脑风暴，助我在写作第 4 章和第 8 章时思如泉涌

献给审读人（和编剧们）

李·巴彻勒，珍妮特·斯科特·巴彻勒，拉尔夫·菲利普斯
林赛·史密斯，还有林恩·罗森堡
感谢他们为我审读此书，帮助我求证理论、理清思路
他们也献出了很多时间，帮我润色这份手稿

献给C.G.荣格学会的艾伦·克恩
他帮忙审读了本书的第4章

献给剧作家保罗·卡特·哈里森和黛安娜·皮阿斯特罗
他们帮忙审读了本书的第10章

献给苏珊·雷伯恩
感谢她的研究工作和数小时的整理录音工作
在我需要的时候，她总乐意伸出援手

献给位于圣莫尼卡的友好计算机商店的工作人员
感谢他们所有的技术支持

最后，献给我的丈夫彼得·汉森·勒瓦尔
感谢他聆听我的思考，助我进行头脑风暴
他总是充满爱意地支持着我

第 1 章
研究人物

从前，有个客户带了个很棒的剧本构思来找我。一年多来，她一直在写作和修改这个剧本。她的经纪人对此很兴奋，急切地期待着这个新故事。

尽管有人说她之前的一些剧本还不足以打入美国商业片市场，但这个剧本却很有趣、很有力。不少制片人会把这种类型的故事称为"高概念"（high concept），也就是说它具有强烈的吸引力、独特的故事情节、清晰的冲突和易于认同的人物。

她的第一部影片刚刚制作完成，并且希望这个剧本能打出一片新的天地。虽然她很快就写完了，但其中的人物却不成立。她彻底进行不下去了。

在分析她的剧本时，我发现她对背景，即人物所处的世界还不够了解。剧本里很多场景发生在流浪者收容中心。尽管她花了不少时间在收容中心给流浪者盛汤并和他们交谈，但她从未真正体验过在那里或在大街上睡觉的滋味。结果，细节和情感便缺失了。显然，只有一条路能够突破人物的问题，那就是回到研究中去。

创造人物的第一步就是研究。大多数写作都是对新领域的个人探索。这就要求作者必须做一些研究，以确保人物和环境真实并有意义。

很多创作者热爱这一研究的过程。他们把这描述成一种了解不同世界与不同人的历险、探索或机会。他们喜欢看到，在花了几天时间了解人物的世界之后，人物逐渐有了生命。当研究证实了他们凭本能认识到的东西，他们会感到无比快乐。每一种新的见识都使他们感到自己正在创造人物的道路上阔步前进。

另外一些人则觉得做研究是很可怕的，是工作中最困难的一部分。很多创作者会抗拒它，他们宁可花上无数的时间打电话或在图书馆里查找资料。研究可能会耗时不菲而结果却令人沮丧。在你成功之前，说不定会无数次钻进死胡同。你可能不知道怎样开始对一种特定性格的要点进行研究，但研究却是创造人物过程的第一步。

人物的厚度可以与冰山相比。观众或读者只能看到创作工作的顶端——可能只占创作者对人物全部认识的百分之十。但创作者需要相信，所有这些工作都会深化人物，即使大多数信息从来不会直接出现在剧本里。

你何时需要去做研究呢？比如你在写小说。每个读过你小说的人都认为你的主人公，一个三十七岁的男性白人，虽有迷人的个性，但他的某些动机却不可理解。于是你觉得自己应该更多地了解人物的内在运作。一个朋友建议你读一下丹尼尔·莱文森（Daniel Levinson）的《人生的四季》（*Seasons of Man's Life*）。这本书写的就是中年危机。此外，你还安排自己去旁听男人们的集体心理分析。你希望通过这些研究去了解男人在中年时发生的转变以及这如何驱动他们的行为。

或者，你刚刚写完了剧本，可是你的某个辅助人物——一个黑人律师——似乎不像其他人物那么充实。于是你联系了全国有色人种进步协会，看看他们能否帮你找个黑人律师聊聊。你希望发现种族背景对这一从事特定职业的特定人物的影响。

或者，你被安排去写一部关于刘易斯和克拉克[①]的电影。你很精明，

[①] 梅里韦瑟·刘易斯（Meriwether Lewis，1774—1809）和威廉·克拉克（William Clark，1770—1838），美国探险家，1804—1806年间完成首次穿越美洲的探险。——译者注

于是便向制片厂要了研究经费、交通费和八个月的时间。你需要理解和体验这一旅程，需要知道这段日子是怎样影响人物及其对话的。

1.1 总体研究与特殊研究

从哪里开始呢？首先你要知道，你不是从打草稿开始。你这一辈子都在做着研究，因此你有很多素材可以利用。

你一直在做着所谓的"总体研究"。这种观察或者说注意形成了人物的基础。你也许天生就会看人。你观察他们走路的姿态、他们的工作和衣着、他们说话的节奏甚至是思维模式。

如果你除了写作还从事别的工作，比如医疗、房地产或历史教学，那么你在工作中吸收到的一切素材都能被运用到写作一部医疗题材的电视剧、一篇关于房地产业的短篇小说或一部以中世纪英格兰为背景的长篇小说中。

当你在参加心理学、艺术或科学课程时，你就是在做总体研究。你在其中学到的东西会为你的下一个故事提供细节。

很多写作教师都会说"要写你了解的东西"。这是为你好。他们认识到，贯穿一生的观察和总体研究能够产生大量的细节，而要写自己未曾体验的领域，则需要经年累月才能了解与之相当的细节。

电视剧《蓝色月光》（*Moonlighting*）的故事编辑、《如何行销你的剧本》（*How to Sell Your Screenplay*）的作者卡尔·索泰（Carl Sautter），讲过曾有位编剧向他毛遂自荐了一个点子的事："他要写部讲述四个女孩去劳德代尔堡度春假的影片。这个想法没问题，但我后来发现他从未在春假期间去过劳德代尔堡。我们接着聊，我得知他来自堪萨斯州的一个小农场。他说：'真可惜我没去成，可那时恰逢薄饼节啊。'在那个小镇上，年年都会举行薄饼节。他向我描述了有关薄饼的一切以及节日的各种细节。于是我说：'这才是故事啊。有很多东西值得拍成电影。你为什么要写一个自己从未体验的故事呢？要知道有上千人都能比你写得更好。还是写你了解的东西吧。'"

人物的创造开始于你已经了解的东西。但是总体研究不一定能产生出足够的信息，你还需要做特殊研究才能填补人物的细节。在你自己的观察和体验里可能没有这些。

小说家罗宾·库克［Robin Cook，著有《昏迷》(*Coma*)、《突变》(*Mutation*)、《爆发》(*Outbreak*)等书］尽管是位医学博士，但还是要为他的医学小说做些特殊研究。"这些研究大多是阅读，"他说，"但我也和那些对我小说中的课题有专项研究的医生谈过。事实上，我通常会在某一领域里做上几周的工作。在写《大脑》(*Brain*)这本书时，我花了两三周时间和一个神经放射学专家一起工作。而为了写《爆发》，这是一本关于当今流行病的书，我访问了亚特兰大疾病控制中心的工作人员，并在那里研究了病毒。为了写《突变》，我研究了基因工程学。这个领域变化的步伐很快，以至于我在医学院里学的东西都不再有效了。出一本书要花我一年的时间。我通常用六个月做研究，两个月写大纲，两个月写书，然后再花上个把月做宣传之类的事和在医院工作。"

1.2 背　景

人物的变化不会发生于真空之中。他们是环境的产物。一个来自17世纪的法国的人物和一个来自20世纪80年代的得克萨斯州的人物是不同的；伊利诺伊州小镇上的药剂师和波士顿综合医院的病理学家是不同的；生长在艾奥瓦州农场的穷孩子和生长在南卡罗来纳州查尔斯顿的富家子是不同的；非洲裔、西班牙裔或者爱尔兰裔美国人也和来自圣保罗的瑞典人是不同的。对人物的理解开始于对人物周围背景的理解。

什么叫背景？悉德·菲尔德在他的《电影剧本写作基础》中做了极好的定义。他把环境比作空的杯子。杯子就是背景。它是环绕着人物的空间，可以由故事和人物的细节灌满。① 对人物影响最多的环境因素包括文化、历史时期、地点和职业。

1.3 文化的影响

一切人物都有其种族背景。如果你是个第三代瑞典–德国裔美国人（就像我这样），那么这一背景的影响可能已经很小了。但如果你是第一代牙买加黑人，那么种族背景就可能决定你的行为、态度、情感表达和人生哲学。

一切人物都有其社会背景。一个人是来自艾奥瓦州中产阶级农场家庭，还是来自旧金山下层家庭，其中就存在区别。

一切人物都有其信仰背景。他们是名义上的天主教徒，正统犹太教徒，新世纪哲学的追随者，还是不可知论者？

一切人物都有其教育背景。上学的年数和特定的学习领域都会改变人物的性格。

所有这些文化状况都会大幅度地影响人物的性格，决定他们的思考和说话的方式，决定他们的价值观、关心的东西和情感生活。

电影《月色撩人》（Moonstruck）的编剧约翰·帕特里克·尚利（John Patrick Shanley）来自一个爱尔兰裔美国家庭，但他一直在观察街对面的意大利邻居。他说："我发现他们吃的食物更好。他们非常关心自己的身体。他们讲话时，说的全是自己的事。我也很喜欢爱尔兰人身上的一些东西。比如，他们的话比意大利人多，而且别有一种魅力。所以我兼取二者的长处……用于我的写作和生活。"②

---

① 悉德·菲尔德（Syd Field），《电影剧本写作基础》（Screenplay），纽约：戴尔出版公司（New York: Dell Publishing），1979年版，第31—32页。
② 迪克·洛特（Dick Lochte）:《明星撩人》（"Stardomstruck"），载于《洛杉矶杂志》（Los Angeles Magazine）1988年3月号，第53—56页。

威廉·凯利（William Kelley）为了写电影《证人》（*Witness*）花了七年时间研究阿米什①文化，试图在这些不愿与公众交谈的人身上发现更多的信息。"阿米什人对好莱坞非常不信任。为了打破隔阂，我度过了一段难熬的日子，直到遇到了米勒主教。当我偶然间向他提到这部电影需要十五辆马车时，他立刻说'啊哈'。他是个马车匠，也是个很好的商人。于是，我突然间拿到了观察阿米什生活的入场券。"

米勒主教成了《证人》中伊莱的原型。通过与阿米什人结交，凯利发现他们很好色、"对马肉很内行"、很有幽默感，而且女人也喜欢卖弄风情。

文化背景决定了人物说话的节奏、语法和词汇。大声读出下面的对话，听听人物的声音。

在苏珊·桑德勒（Susan Sandler）的电影《挡不住的来电》（*Crossing Delancey*）中，上西区②的语言和下东区③的语言存在着反差。在该片中，所有的人物（除了那个诗人以外）都有犹太背景，并来自纽约的一个特定区域。这些背景都影响了他们的语言。

上西区的伊奇描述她的处境时说："我去见了个人，一个做媒的人。祖母安排了这次既定的会面。"

祖母布巴则用另一种节奏说话："想逮猴子，你就得爬树。狗才孤独地生活，人不行。"

来自下东区的泡菜商人山姆则有不同的语言风格："我是个乐呵人儿。我喜欢早上起来听鸟儿吱吱叫。我穿上干净衬衣，走进教堂，做做晨祷。九点钟我就开门了。"

而诗人则说："你身上确实有种高雅的沉静，伊奇。"

---

① 阿米什（Amish），基督教中的一个再洗礼教派，17世纪晚期在瑞士形成，以创始人雅各布·阿曼（Jacob Amman）命名，现主要存在于美国和加拿大。信徒主要为德裔，组织成为宗法制自治社会，按照传统风俗过着农耕生活，拒绝现代科技，并很少与外界来往。——译者注
② 纽约的一个区，是知识分子的聚居地。——译者注
③ 纽约的一个区，是移民的聚居地。——译者注

听听爱尔兰作家约翰·米灵顿·辛格（John Millington Synge）的戏剧《蹈海骑手》（*Riders to the Sea*）中的节奏："此时他们聚在一起，死期来临了。愿全能的上帝垂怜巴特利的灵魂、迈克尔的灵魂、谢穆斯和帕奇的灵魂，还有斯蒂芬·肖恩的灵魂。愿他垂怜我的灵魂，诺拉的以及所有在世人的灵魂。"

再听听阿米什人伊莱和费城警察约翰·布克语言上的差别。这些节奏非常微妙，但是如果你大声地读出对话，你就会听出伊莱话中那种轻快的调子和约翰话中的直率。

伊莱
要到英国人中间去，你可得小心。

约翰·布克
塞缪尔，我是个警官，调查这起谋杀案
是我的职责。

你故事中的人物总会来自几个不同的文化背景。对那些和你具有相同背景的人物，你可以根据自己的体验找到他们的节奏和态度。而对那些来自其他文化背景的人物，你就必须做些研究才能保证他们的文化得到真实的反映，才能保证你创造的人物是有区别的，而不只是说话做事都一样的不同名字而已。

1.4 历史时期

把故事设定在其他的时期是非常困难的。一般而言，研究是间接的。如果故事发生在16世纪的伦敦，作者靠在20世纪的街道上转悠是无法获得信息的。聆听现代英国人讲话也仅仅能使你对4个世纪之前的语言得到点滴的了解。词汇不同，节奏也不同，连词语本身都不同。当时的很多词语和意义早已被淘汰了。

小说家伦纳德·图尔尼（Leonard Tourney）是加利福尼亚（以下简称"加州"）大学圣芭芭拉分校的历史教授。他曾经写过几部关于16世纪英格兰的书，包括《古老的萨克森血统》(*Old Saxon Blood*)和《乐师丧子》(*The Player's Boy Is Dead*)。他的职业背景为他提供了那个时期的知识，但他在写书时还是必须对一些细节做特殊研究。

伦纳德说："我需要了解16世纪末17世纪初伦敦律师学院的历史和惯例。我有部小说就是讲审判的。我必须知道在17世纪初，被告是否可以获得辩护律师的代理。答案是不。这就使得审判看起来很怪。我还得知道有多少法官出席，有没有陪审团，陪审团由多少人组成。我的创见基于我对那个时代的了解。当时，只要证据充分，任何可疑的行为都会被判定为巫术。我也必须了解那时对巫术会给予何种惩罚。"

最近，我给一个关于19世纪中叶摩门教徒向盐湖城以西迁徙的项目做了顾问。编剧和导演基特·梅里尔（Kieth Merrill）在历史语言和旅程细节方面提供了一些研究信息。编剧维多利亚·韦斯特马克（Victoria Westermark）修改并润色了这个题为《遗产》(*Legacy*)的剧本。在此之前，她已经写过一些以19世纪为背景的剧本。她解释了在过去的经验中，她是怎样为剧本打造时代特征和语言的：

"通常我会研读日记、原始信件和能找到的人物言论。写下来的话和说出来的话不一样，人们还是会在日记中揭示自身。信件可能很难弄到。我了解时代的另一种方式是阅读19世纪末的地方报纸，从中我能发现大众的生活节奏还有他们的顽固之处，例如他们讨厌的东西，甚至是咒骂的语句。

"我也到帕萨迪纳的亨廷顿图书馆做过研究。在那里我能读到一些原始日记。我以十年为分期，记下了一些有趣的词汇和短语。这些词汇和短语现在已经不常用了，它们能增加风情，使观众听起来不至于感到剧本太过时新。"

即使经过了大量的研究，你还是经常需要想象一些你找不到的细节，要运用你了解到的一切，那个时代才能得到真实的反映。

1.5 地　域

很多创作者都把他们的故事设定在相似的地域内。如果你在纽约长大，你的很多故事可能就发生在那里。好莱坞有数千个剧本都讲的是人们来到这里谋求发展的故事。创作者也会把剧本设定在他们曾经游历过或短期生活过的地方。对地域越了解，研究的必要性就越小。然而，很多了解某一地区的创作者经常发现需要回去做特别研究。

威廉·凯利曾经在宾夕法尼亚州兰开斯特县生活过。他已经为《证人》的地域研究开了个好头。然而，他还是回到那里为他的人物寻找模特，并在这一过程中拓展了自己对阿米什人的了解。

电影《致命诱惑》(Fatal Attraction)的编剧詹姆斯·迪尔登 (James Dearden) 是英国人。为了设定他的影片故事，他在纽约市住了相当长的时间。

伊恩·弗莱明 (Ian Fleming) 的两部"詹姆斯·邦德"系列小说《诺博士》(Dr. No) 和《生死关头》(Live and Let Die) 以及几部短篇小说都设定在牙买加。他在那里拥有一座名为"黄金眼"的房产。此外，他在写《雷霆谷》(You Only Live Twice) 前游历过东京，还曾为了写《来自俄罗斯的爱》(From Russia with Love) 乘坐过东方快车。

地域能影响到人物的很多方面。在《证人》中，费城那种狂热的节奏和阿米什农场里那种悠闲的生活大不相同。《电光骑士》(Electric Horseman) 里那种西部的节奏和《上班女郎》(Working Girl) 中纽约的节奏也颇不一样。它们都会影响人物。

假设你来写萨默塞特·毛姆 (Somerset Maugham) 曾三次被拍成电影的短篇小说《雨》(Rain) 或田纳西·威廉斯 (Tennessee Williams) 的《鬣

蜥之夜》（*The Night of the Iguana*）或格雷厄姆·格林（Graham Greene）的《权力与荣耀》（*The Power and the Glory*），你就会希望在描写中捕捉到来自炎热和潮湿的压抑感，或是热带持续降雨导致的幽闭恐惧感。

如果你来写琼·谢泼德（Jean Shepherd）的书《吾信吾主》（*In God We Trust*）或者柯蒂斯·汉森（Curtis Hanson）、山姆·哈姆（Sam Hamm）、理查德·克勒特（Richard Kletter）的剧本《狼踪》（*Never Cry Wolf*），你便会希望了解低于冰点的温度会怎样影响人的生活方式和行为。

戴尔·沃瑟曼（Dale Wasserman）的戏剧《飞越疯人院》（*One Flew Over the Cuckoo's Nest*）是根据肯·凯西（Ken Kesey）的小说改编的。但他还是为理解人物做过地域研究。他叙述说："作为研究的一部分，我去了一些收容所，其中的条件有好有坏。为了和一家大收容所中的心理学家会面，我有一阵子还装成了病人。我本来想在那里待三周，结果十天就出来了。不是因为那里吓人或不舒服，而是恰恰相反，那里舒服极了。我学到了很多意外的东西。首先，如果你把意愿和意志交给院方，生活就会变得很简单了。唯一的诱惑就是活下去，它非常强烈。我了解很多病人，了解他们有透彻的思维和各种各样的能力。"

当库尔特·吕德克（Kurt Luedtke）创作《走出非洲》（*Out of Africa*）的电影剧本时，他需要对二十世纪二三十年代卡伦·布利克森在非洲的那片天地有全面的了解。

"小时候，我曾经对非洲很有兴趣。于是我确信自己能在书架上找到点什么，结果至少找到了五十本跟东非有关的书。研究告诉我，直到1892年，非洲的边界都尚未开放，人们只能住在已知的世界里。"

书本为总体研究提供了信息，但为了回答在创作剧本过程中浮现出来的那些问题，库尔特还有很多特殊研究要做。

"我需要了解咖啡树是怎样生长的、怎样开花的，种植园是怎样运作的。通过访问一个种咖啡的人，我知道了这些。

"我需要了解白人（主要是英国人）与肯尼亚黑人之间的关系。我需要了解非洲的部落，因为布利克森可能不会雇基库尤人，而会雇索马里人做用人。

"我需要知道当时有多少白人靠猎取象牙为生。

"我需要知道政府的处境。这里是殖民地还是被保护国？谁有权做什么？政府和殖民者的关系如何？

"我需要知道'一战'时东非的情况。你通常会认为'一战'对东非没有什么影响，而事实上它却有。"

所有这些细节——悠闲的生活，晚间以讲故事为娱乐；殖民者和原住民之间的行为；自在漫游的野生动物；以种植咖啡为生在经济上的不稳定——都显示出充分的地域研究有助于树立生动的人物。

1.6 职业的影响

有时职业会成为人物的背景。

华尔街的人和艾奥瓦州的农夫有不同的生活方式和步调。电脑分析员和奥林匹克跑步选手也有不同的技艺。园丁和足病医生也因其职业形成了不同的态度、价值观和兴趣。

詹姆斯·布鲁克斯（James Brooks）被《广播新闻》（*Broadcast News*）的想法所吸引。他本身就是个真正的新闻迷，而且有过做新闻广播的经验。但即使具有这样的背景，他还是花了一年半去研究剧本。作为研究的一部分，他花了相当长的时间和新闻播音员交谈并在新闻台当观察员。

"我很关心这个主题，"他说，"但是在开始的几个月里，我必须排除这种关心，这样我才能尽可能地客观，才能忘掉我自以为知道的事情。

"我以和很多女性交谈开始我的研究——特别是其中两个，一个在华尔街工作，另一个是个记者。我对这样的女性很感兴趣——她们受过良好的教育，上的是顶尖的学校，大学刚毕业就很快取得成就，在职业上有很好的发展。

"在某些方面，我问的问题和人们在爱情的各个阶段会问的问题没有什么区别，但是它更加客观。"

除了与人谈话，詹姆斯·布鲁克斯还针对这一领域做了研读："我读了默罗①的长篇传记，读了一些新闻和广播方面的文章，不论我读到什么感兴趣的东西，我都会记下来。

"我在城市里待了很长时间，在人们工作的地方转悠。如果你花了足够的时间做研究，你就有更多的概率在正确时间出现在正确地点。"

光靠"转悠"，詹姆斯·布鲁克斯就看到了很多可以被编入影片内的细节："我看到有人跑来跑去——真的在跑——当磁带出了问题的时候。"

我曾请教库尔特·吕德克怎样研究特定人物——比如一个保险箱窃贼。库尔特曾经做过新闻工作，所以他很享受这一过程。他解释说，自己在这一过程中既可以获得人物信息，也可以获得故事信息。

"如果我要写一个保险箱窃贼的故事，我首先得成为法律权威。我会问：'你认不认识什么人——有点文化，有点头脑，而且愿意跟我聊聊的？'总有五六个人会回答：'是啊，有个人可能愿意跟你聊聊，也许要收点钱。如果你肯给个几百块，他会很愿意跟你聊的。'

"但我现在还没有必要寻找人物信息，我要的是行业信息和场景信息。我一定要就一次出了岔子的盗窃反复地提问，问他怎么回事。这只是为了用岔子制造有趣的故事。我可能要把关于特定人物的一切都找出来——不只是信息——这是因为，这个关在牢房里的家伙可能对我并无用处。他可能是个真正的凶徒，而我却可能出于商业上的理由，不把这个人物写得那么凶恶，而是让他更有同情心一点。"

吕德克会问的问题有：他怎么选择作案地点？他为谁卖命？他为什么一个人单干？问题出在哪儿？弄钱的方式很多，他为什么要选择撬保险箱？他在哪儿学会的撬保险箱？他小时候做过什么？

---

① 爱德华·R.默罗（Edward R. Murrow, 1908—1965），美国记者，因"二战"期间发自伦敦的报道而闻名。——译者注

通过问这些问题——谁、什么、何时、何地、为何，吕德克开始形成了结论——什么样的人会成为保险箱窃贼，他和其他的罪犯有何不同。

"据我推测，保险箱窃贼的天性中肯定包括对权威的抗拒和在犯罪方式上的保守。盗窃保险箱与凶杀和抢劫是相对的。你不用一面拿枪指着什么人，一面担心对手也有枪。盗窃保险箱是个精密而安静的工作。你不会遇上对手，你的目标只是经济上的。你并不是个反社会的人，你只是生活在规则之外，你要的只是钱。"

库尔特还会留意特定的词汇。保险箱窃贼现在都用什么行话？这在图书馆里可找不到。"一本 20 世纪 70 年代出版的书上可能有些词，但现在也已经过时了。"

库尔特还根据信息得出了其他结论。"如果他是个谨慎的人，他就不会去炫耀。他不想被人记住，不会穿着浮夸。他不会在自己居住的城市里行窃，而会飞到圣路易斯，干完活就走人……"

在对了解到的东西进行思考之后，库尔特开始构思适合这一人物的故事点："他是个谨慎的人，不怎么相信别人。我觉得这个故事是讲他犯错误的——有人曾经警告过他不要把别人牵扯进来，但他没有接受警告，结果麻烦就接踵而至了。"

通过这种类型的访问，编剧得到了能使背景更加完整、使人物更加逼真的基本信息。这也反过来激发了创造过程，帮助故事自然而真实地浮现出来。

练习：如果你要访问一个保险箱窃贼，你会问什么问题——家庭？生活方式？心理？动机？目标？价值观？

1.7 从总体研究中创造特殊研究

有时，在总体研究中，创作者会选择一个认识的人作为人物的原型。

当威廉·凯利为《证人》做研究时，他遇到了两个人物的原型——伊莱和瑞秋。他说："米勒主教变成了伊莱这个人物（但我没告诉他）。当研究人物时，我首先从仔细观察他们的面孔开始。面孔就是灵魂的地图。我还会非常仔细地听他的语调、口音和笑声。如果他在开我的玩笑，我能听得出来。他不让我给他拍照，所以我只能记住他的样子。

"瑞秋的原型是米勒主教的儿媳。有一天，她从房子里出来了。她卖弄风情似的歪着头，害羞地瞟了我一眼，问道：'这么说你要弄部电影了？我会被拍进你的电影里吗？'我答道：'只要你一直这么跟我说话，我保证你会的。'她很漂亮，二十七八岁的样子，长得有点像阿里·麦格劳[①]，很引人注目。"

为了写《广播新闻》，詹姆斯·布鲁克斯把四五个女人综合成了简这个人物。而汤姆则以他听说过的一名通讯记者为基础："有人告诉我一个故事，说此人被指派了一个去黎巴嫩的任务。结果他说：'这可没门，我马上就辞职。我结婚了，还有孩子。我才不会冒着掉脑袋的风险去黎巴嫩呢。'"布鲁克斯觉得这是个有趣的人物，因为他在和陈规对抗。在新闻台里，大多数人都会不惜一切地前往黎巴嫩，但这个人却把妻子和孩子放在第一位。

如果你在研究中找到了人物原型，那么这就是个额外的收获。但是，特定的人物未必要来自研究。如果你理解了人物的背景，你就可以通过想象来得到它。

1.8 特别的研究小技巧

所有这些论述都显然有一个过程。这些人都知道到哪里去寻找，该问什么问题。

[①] 阿里·麦格劳（Ali MacGraw, 1939—   ），美国女演员、模特。——译者注

问正确的问题是一门可以学习的技巧。盖尔·斯通［Gayle Stone，著有《公敌》（*A Common Enemy*）、《广播员》（*Radio Man*）］是位写科技惊悚小说的作家，也是位写作教师。她说："很多人虚度了一生，发生在身边的事百分之九十都被他们错过了。每个人都有能力去留意。但有些人更容易做到这一点，因为他们得到了来自父母的鼓励。这些人能够从他们记忆库里得到更多的信息。如果有人能为你打开一扇大门，使你认识到自己就是那些没有真正得到留意的人中间的一员，那么可能性就是存在的。你没有理由不从现在开始。对生活的观察没有时间限制。只要你活着，只要你在呼吸，你就可以去做。你可能会为自己居然知道那么多，居然在无意识中一直在存储故事而感到惊奇。"

很多人愿意被人问起他们的工作，甚至可能会为此感到自豪。不管你是在访问一位联邦调查局探员，还是跟一位在强迫行为研究方面有所专长的心理学家交谈，或是在请一位木匠解释他使用工具的名字——谁、什么、何时、何地、为何，这些问题通常都会产生出必要的信息。

"结识你的图书管理员"对那些想要尽快得到信息的创作者来说也是一条很有价值的建议。图书管理员要么知道答案，要么知道到哪里去找答案。

1.9 要花多长时间？

研究可能比写作耗时更长。时间的长度取决于你开始时知道多少，也取决于人物和故事的内在难度。

詹姆斯·布鲁克斯说："研究从不停止。我为写《广播新闻》花了一年半时间纯粹做研究，全部的研究耗时四年，研究也在拍摄过程中继续。"

威廉·凯利说："我研究阿米什人达七年之久，厄尔和我在1980年编剧罢工时期写作了剧本，用了三个月。"

戴尔·沃瑟曼说："《飞越疯人院》的研究时间只有三个月，但我是以一本很有趣的书为基础的，我用了六个月来写作它。"

如果研究做得不充分，写作过程经常会耗时更长，而且会充满着沮丧感。尽管研究通常会持续到写作进程当中，但是如果你对某一问题足够熟悉的话，点子自然就来了。詹姆斯·布鲁克斯说，一旦"每个辅助人物都倾向于确认你已经了解的东西，你在已经探索过的领域里可以完全用行话和人们交谈"时，你就收获了点子。

1.10 个案研究:《迷雾森林十八年》

1989年2月，安娜·汉密尔顿·费伦（Anna Hamilton Phelan）因《迷雾森林十八年》（Gorillas in the Mist）获得了奥斯卡最佳改编剧本提名。这一个案研究显示了通过研究创造人物的多种方式。但即使如此，在这个例子中，人物也是以真人为基础的。

"我从1986年1月中旬即戴安·福西[①]被害几个星期后开始研究这个人物。我6月1日完成研究，7月1日开始写剧本，9月1日交稿，总共用了五个月研究、八周写作。速度之所以快，是因为我已经万事俱备了。我对自己掌握的东西十分有把握，没怎么费事就把它呈现在纸面上了。

"为了这个故事，我做了几种不同类型的研究。关于灵长类动物的信息是从书上得来的。我阅读了有关山地大猩猩的一切——所有的过期《国家地理》杂志、加州大学洛杉矶分校图书馆里所有和卢旺达大猩猩有关的文献。我了解了它们夜间的巢穴——这后来成了影片中的一个场景。我还了解到，人千万不要直视大猩猩，这会被它们视作威胁并诱发攻击。

[①] 戴安·福西（Dian Fossey, 1932—1985），美国动物学家。1967年，她开始在扎伊尔和卢旺达对山地大猩猩进行观察和研究，前后达十八年之久。她与大猩猩建立了非常亲密的关系，后为反对盗猎大猩猩发起了保护组织，并著有《迷雾森林十八年》一书。1985年12月，她在非洲的小屋内被害，此事至今仍为悬案。——译者注

"我了解到大猩猩对它们的家庭和族群具有保护欲。族群中会有一只青年的雄性猩猩为其他成员担任警卫。这很有用，因为其中的一只青年雄性猩猩迪基是戴安最喜欢的猩猩，在影片中，它最终把手放在了戴安的手中。

"在非洲时，我在寻找环境给予我的直观感受和气味。尽管从电影剧本里无法闻到人物和环境的气味，但是在字里行间你还是能感受到。我还在寻找在危险区域生活的感觉。很多危险源于在海拔三千多米的地方生活的不适。戴安患有肺气肿，而气候更使其恶化了。每天吸两包烟加上生活在潮湿中加剧了她的肺气肿。当我在遍布湿滑泥浆的群山中行走、远足和攀登时，我不禁问道：'什么样的女人愿意在这样的环境里过上十五年呢？'我长时间待在泥浆里，那里冻得要命。那绝对是刺骨的寒冷，我这辈子都从未经受过的寒冷。潮气很重，人永远是湿乎乎的。当你在户外时，浑身上下从来没干过。

"我住在距离戴安被害的地方仅四五米远的另一间小屋里。我们被禁止进入她的小屋，谋杀发生后那里就被圈起来了。但是从我这间的窗户可以看到那里，我很想进去触摸一下里面的东西。有时，通过触摸东西就仿佛可以触摸到真实生活的人。不好说，我不知怎么表达，但肯定有些东西是你能用到工作中的。我知道，如果我能进去触摸她曾经触摸的东西，那也许会对我有益。透过窗户，我能看到那间皱巴巴的铁皮屋子里是什么样子，那里有桌布、有放干花的花瓶、有银质相框、有优质的瓷器和银器。在这样一个陌生的地方看到这些贵重物品真是太古怪了，这激起了我对这个女人的强烈兴趣。

"第一次看到大猩猩时，我感觉它们是不真实的。它们那么文雅、温顺，好像在考虑着自己的事情，你一点也不会害怕。但是，我永远也不会有戴安对猩猩的那种感情——那是种敬畏和好奇的感情。因此，我必须创造这种感情，这会有助于我观察大猩猩。

"对故事发生的实际时期的研究要更困难一些。这是因为，连年的内战是故事中一条有力的副线。然而，我从戴安·福西的书中得到了一些信息。在其中的一章里，她提到了一点她穿越边境的事。我还读了一些其他的书，里面描述了在刚果发生的冲突。

"当地人对戴安·福西和（或）她的项目怀有极大的敬畏和爱戴。那些从未见过她的人也很喜欢她。人们把她叫作'尼拉马切贝里'，意思是'没有男人，独自生活在森林里的女人'。但是了解她的人却不喜欢她。我采访了四十个人，却只有一个人喜欢她，那就是罗斯·卡尔［电影中，这个角色由朱莉·哈里斯（Julie Harris）出演］。她树敌很多，而且这里到处都有谋杀发生。"

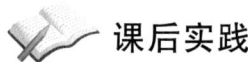 **课后实践**

运 用

当你在考虑如何做研究时，关于人物，你可以问以下这些问题：

- 关于人物的背景我需要知道些什么？
- 我理解他们的文化吗？
- 我理解作为文化一部分的节奏、信仰和态度吗？
- 我曾否与从属于这一文化的某人相遇过、交谈过、相处过？
- 我了解他们熟悉的东西吗？我和他们有何差异？
- 我是否花了足够的时间和很多不同的人相处，从而避免创造出仅仅基于一两次会面的俗套人物？
- 我对人物的职业熟悉吗？
- 我对这一职业有感觉吗？通过对工作细节的观察，我是否增长了见识？人们怎么看待他们的工作？
- 我是否足够了解人物的词汇，以至于可以在对话中自然而充分地运用？

- 我了解人物生活的地方吗？我了解那里的布局外观吗？我曾否在那里的街道上走过？
- 我对那里的气候有认识吗？对那里的消遣活动有认识吗？对那一地点的音响和气味有认识吗？
- 我对那一地点和自己所处地点的差异有无理解？这对人物有何影响？
- 如果我的剧本把时间设定在其他的时期，我是否足够了解那一时期的历史细节，诸如语言、生活条件、衣着、人物关系、态度、影响力？
- 我有无读过日记或那一时期的其他文字，从而使自己认识了人们的说话方式和用词？
- 在研究人物的过程中，我是否愿意向知情人求助——无论他是图书管理员还是特定领域的专家？

小　结

几乎每个人物都需要你去做研究。对新手而言，有很多理由去写自己了解的东西。研究可能要花费不少时间和财力。很多新手无法负担在非洲过一个月的开销，也不知道怎么找到一个保险箱窃贼，更无法和阿米什马车匠做一笔交易。

在创造有力人物的过程中，理解研究的重要性和理解研究的内容是非常重要的步骤。

一旦新手们克服了最初的研究阻力，很多人都会找到一条最令人兴奋的、最有创造性的、最愉快的写作途径。它为赋予人物生命的想象铺平了道路。

第2章
定义人物：一致性与矛盾性

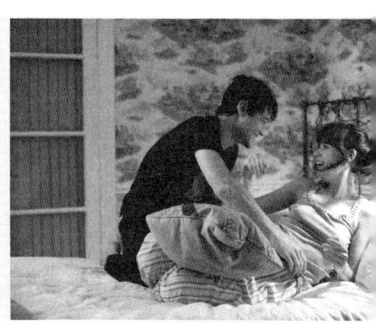

想想你真正喜欢的人吧——朋友、配偶、老师、亲戚。关于这个人，你能想到的第一个品质可能是与他或她的个性相一致的。某一个朋友可能总是感情丰富、有同情心的；而另一个则喜欢参加派对；也许某一位老师以逻辑和分析闻名；某一个亲戚似乎在体育比赛和生活中都怀有强烈的好胜心。

但是接下来，你可能就会想到这个人的其他细节——令人惊奇的、不合理的、矛盾的细节。你最理性的朋友喜欢戴傻气十足的帽子；你最凭感觉行事的朋友在业余时间阅读天文学书；你感情最丰富的朋友痛恨虫子，只要在家里一看到虫子就用苍蝇拍或喷雾剂对付它们。

定义人物是个来来回回的过程。你观察，你用自己的体验思考。你把这些用在其他人身上，用这些检测人物的一致性[1]。你认为这些细节是独一无二、不可预知的。

这一过程看似偶然——在某种程度上的确如此——但是仍然有些品

---

[1] 一致性（consistency）在后文中有两种含义：第一，人物性格前后一致（连贯性）；第二，人物表现与性格设定相符（合情合理）。——编者注

质能在所有有层次的人物身上找到。当你的人物不肯生动起来时，理解这些品质会帮助你拓展、丰富、深化他们。

2.1 如何开始？

无论你用什么人作为你人物的原型——和你非常亲密的人、你观察过的人、你自己，或者很多人物细节的组合，创造人物通常都以有力的刻画开始。生动的第一印象给予了你对人物的感觉。

你可能观察了人物的生理特征——他长什么样？他怎么走路？你可能想在一个人物遭遇危机时对其进行探索——他或她将如何行动和反应？你可以从直觉开始判断这个人在意哪些事。

创造人物有几个阶段。尽管你不一定按照如下的顺序，但这些阶段必须包括：

- 通过观察和体验，得到第一个想法。
- 对人物进行粗线条刻画。
- 寻找人物的核心，以创造人物的合理性。
- 寻找人物身上的矛盾之处，以创造人物的复杂性。
- 添加情感、态度和价值观，以进一步充实人物。
- 添加细节使人物非凡而独特。

2.2 观 察

创作者创造人物时使用的很多素材都来自对微小细节的观察。

卡尔·索泰谈到了他在某餐馆里观察到一个不寻常的人物。这一真实生活场景帮助他向全班学生阐释怎样把观察和想象结合起来。

"我那时在华盛顿特区开了一个研讨班，讨论的是人物。学生们提出了很多令人期待的人物——一个有着金子般心灵的妓女、一个表面快乐内心痛苦的胖子等。午餐时我在咖啡店里遇到了一个人。他拿着一碗汤和一把餐刀。我一面看他，一面琢磨，他要把什么泡在里面？他的盘子里放着一个面包卷和一块看起来又冷又硬的黄油。他很隆重地撕开包装，把刀子插进黄油，挑着放进汤里化开，然后再把黄油涂在面包卷上。显然，这就有其意义——用热汤化黄油来抹面包。我于是便想，'这个人的个性如何？这一行动告诉别人什么？'我回到班上，把这事跟他们说了。我们就用这个脚本问了一些关于这个人物的问题——他可能是什么人？为什么？他多大岁数？——这比他们之前通过观察得出来的东西要好上十倍。"

在为广告创造人物时，观察就更为重要。作为最好的广告人物创意人之一，乔·塞德迈尔（Joe Sedelmaier）会仔细观察他所遇到的人们。他一般会根据他所留意到的个性特征挑选演员。而且，他还经常选择非职业演员，因为他觉得他们更有趣、更真实。首先，他观察。然后，他把观察发现的东西转化成人物。当他挑选克拉拉·佩勒（Clara Peller）作为温迪汉堡广告《牛肉在哪儿？》的人物时，他就利用了在她身上留意到的一些细节："我第一次见到克拉拉是因为我们需要为广告拍摄找一个美甲师。我们到街对面找来了克拉拉。一开始，她的角色不用讲话。可当我拍摄完一个场景时，她走过来用低沉的声音跟我说，'嗨，亲爱的，你好吗？'我觉得这太棒了。从此我用她拍了不少广告。当我被邀请去拍摄温迪汉堡广告时，我觉得原始的想法完全错了——一对年轻情侣捧着圆面包说，'牛肉在哪儿？'而我觉得让两个老太太说会更有趣。然后用克拉拉的想法闯进了我的脑海，就像一头公牛闯进了瓷器店一样。我几乎能听见她说，'哎？都哪儿去了，牛肉？'于是我们开始拍摄了，但是克拉拉那时患了肺气肿，她老说不好'都哪儿去了'。等到说'牛肉'时，她就说不下去了，所以我只好让她说'牛肉在哪儿'。"

2.3 整合体验

无论你从哪里开始创造人物，你最终都要用到自己的体验。要想把人物写好，除此之外没有别的办法。没有人能告诉你，你是否写出了可信的、真实的、合情合理的人物。你必须依靠自己对关于人物一切的内在感觉。

一位又一位的创作者强调了写作的这一方面。"无论我知道什么，我都是从自己的体验得来的，"詹姆斯·迪尔登说，"最终，作家必须描绘他自己。我身上有亚历克丝，也有丹。如果你没有体验，那就出去找。我写的所有人物都源于我自己。我从内心开始描写。我总是在想，我在这样的情境下会如何反应？"

卡尔·索泰对此表示赞同："我认为你一定要找到人物，即你自己的因素。不见得每个人物都得是自传，但你要经常问自己，'你想成为哪个人物？你希望自己摆脱什么？'这样当你开始写故事时——只有你会写——你就把自己的写作提升到一个新的水平上。所以，无论什么人物，即使是辅助人物，我都试图寻找其与我个人真正一致的部分。"

《雨人》（Rain Man）的原始剧本作者巴里·莫罗（Barry Morrow）说："电影一定要是我感兴趣的才行，否则写起来一点乐趣都没有。在《雨人》中，雷蒙喜欢的东西就是我喜欢的。他喜欢棒球和薄饼。而查理喜欢的东西我也喜欢——金钱、汽车和女人。"

罗恩·巴斯（Ron Bass）对《雨人》进行了修改，他补充道："我身上就带着查理和雷蒙。我个性中有他们的全部缺点和优点。一部分的我肯定害怕与人接触并为此会有过度补偿行为[①]。我也肯定具有查理那种防范性，那一部分的我非常柔弱，渴望被人爱。写作是个很私密的过程，我知道自己何时是那个人，何时不是那个人。"

在电视中，经常会有"作者"出现在剧里，向我们介绍某一人物。"作者"这个角色成了某种"铅垂线"，或者说是衡量人物立体与否的尺度。

---

① 心理学名词，指为克服自卑等心理而发生的过度反应。——译者注

科尔曼·勒克（Coleman Luck）是《私家侦探》（The Equalizer）的联合制片人，也是这个系列剧中很多集的编剧，剧中人物麦考尔就是他的化身。他在这个剧中工作了四年——几乎从一开播就参加了，不少人物方面的决定就是由他做出的。

"有些电视剧编剧必须成为人物，"他说，"在编剧和人物之间存在着移情作用。我不认为有别的方式能实现这个。我身上有些东西就像麦考尔。我不是麦考尔，我没当过中央情报局特工，但我有类似的体验。二十二岁时，我作为陆军军官在越南参加了战斗，经历了很多事。我可以理解他关心的东西、他的内疚感、他对原谅的需求、他对宽恕的需求。如果你没有这种自我检讨的体验，如果你不在某种程度上了解自己，你就永远不能了解你的人物。你就是竭尽全力也不行。"

2.4 外貌描写

读者会对他们在小说中遇到的人物形成一种视觉印象。大多数小说都给予人物生动的描写，以便使读者对这个人得出直接的认识。

偶尔，有些小说，例如《普通人》（Ordinary People），会避免外貌描写，而着眼于人物内在生活的细节。但是读者也会运用他们的想象力，从这些心理的细节中形成他们自己的幻想图景。

电影剧本几乎总是对人物的突出细节给予一两行描写，以此来吸引读者和潜在的演员。

外貌描写都有什么作用呢？首先，它能唤起联想——暗示出人物的其他状况。从你的寥寥几行描写中，读者就开始联想到其他的特征并想象到附加的细节。

不妨根据以下的描写发挥一下你的想象力。这句描写取自我的客户罗伊·罗森布拉特（Roy Rosenblatt）的剧本《火眼》（Fire-Eyes）："一个长相甜美的家伙，可能要花很长时间才能完成工作。"

想到其他品质了吗？你可能会开始想到他的厌倦。你是否会怀疑他是个愤世嫉俗者？你也许会因为他的面孔觉得他可爱，但是你也会为他和工作以及同事间的冲突感到困惑。他怎么会花那么长的时间？也许他筋疲力尽了？你可能会为他感到难过，甚至是移情。你开始想到他走路和说话的样子吗？

在小说中，人物描写创造出的细节能够使人物很快被辨认出来。想想看对以下四个著名侦探的描写吧——歇洛克·福尔摩斯、布朗神父、赫尔克里·波洛、马普尔小姐。

在阿瑟·柯南道尔笔下，歇洛克·福尔摩斯是高大、瘦削的，有一张鹰一般的面孔，戴着猎鹿帽，身着灰色的旅行长斗篷。他冷漠而精确，具有非凡的观察力。[1]

G. K. 切斯特顿创造的布朗神父则是个矮胖的天主教士，总是拿着棕色的纸包裹和大雨伞。他富于幽默感，睿智，对人性颇有洞察。[2]

阿加莎·克里斯蒂笔下的赫尔克里·波洛是个矮小的比利时侦探。他长着蛋形的脑袋，对秩序怀有激情。[3]而马普尔小姐是个老太太，"很有魅力，很天真，头发蓬松，皮肤白里透红的老女人，穿着老式的斜纹呢子外套和裙子，戴着长丝巾和带檐的小毡帽"。[4]

在剧本里，如果外貌描写是可表演的，那么就应特别加强。这意味着有些东西可供演员运用——人物的运动的感觉、特定的外貌，例如耸肩、歪头、独特的步态等。这些描写给演员构建角色提供了线索。"漂亮"是很难表演的，"强壮"和"英俊"也没什么用。

---

[1] 参见阿瑟·柯南道尔（Arthur Conan Doyle），《福尔摩斯探案集》（Sherlock Holmes Selected Stories），伦敦：牛津大学出版社（London: Oxford University Press），1951年版。
[2] 参见G. K. 切斯特顿（G. K. Chesterton），《布朗神父探案集》（Father Brown Selected Stories），伦敦：牛津世界经典系列（London: Oxford World Classics），1955年版。
[3] 参见阿加莎·克里斯蒂（Agatha Christie），《谢幕：波洛的最后一案》（Curtain: Poirot's Last Case），科林斯/丰塔纳出版社（Collins/Fontana Press），1975年版，第7页。
[4] 参见阿加莎·克里斯蒂，《黑麦奇案》（A Pocketful of Rye），科林斯/丰塔纳出版社，1953年版，第97页。

在《致命诱惑》剧本中,亚历克丝·弗雷斯特这个人物是用外表、对衣着的选择、对其年龄的态度来界定的:

刹那间,一个非常迷人的金发女郎经过了……她转头看了他一眼,让他呆住了……她的外表很夸张,大约三十岁,但衣着更年轻一些,很时尚,仿佛在用这个逃避年龄。

以下是电影《魔谴之舞》(Dance of the Damned)剧本中两个主要人物的描写。编剧、导演和制片人是我的两个客户卡特·谢伊(Katt Shea)和安迪·鲁本(Andy Ruben)。注意里面有多少可以帮助演员表演的细节——运动、感情、意图。这些描写传达出了贯穿于影片中的一种渴望的感觉:

那人从他的倒影中转过身来——他有着敏感而英俊的面孔,轻盈、悲伤,带着孩童似的天真。有个东西挡住了他的路,他歪了歪头——像外星人一般怪异,像猫一般犹豫,像掠食者一般优雅。

我的另一个客户桑迪·斯坦伯格(Sandi Steinberg)写了我最喜欢的一段描述,这后来写进了他的剧本《诅咒》(Curses)里,它有一种漫画式的感觉:

玛丽亚-特丽莎,五十多岁,是个很少幻想的大块头女人。她惊醒过来,把一百八十危地马拉镑塞进自己粉红色的连衫裤里,抓起一串大蒜抱在胸前,开始唱起赞美诗来。

在写作可表演的描写的时候,重点在于,既要够笼统,这样很多演员都能饰演这一角色,又要够特别,这样才能创造出明确的人物。描写使人联想到其他的品质,而附加的东西可以吸引演员去想象,使他或她确信这是一个值得去演的人物。

2.5 人物的核心

人物应该是前后一致的。这并不意味着他们是可以预知的，或是一成不变的。这意味着人物要像真人一样有某种核心的个性，这样才能界定他们的本质并使我们得以预期他们的行动。如果人物偏离了这一核心，他们就会变得难以置信，就会变得无意义和没道理。

巴里·莫罗解释道："在影片中，人物一个外在部分就是他们的可预知性。你理解他们的本质，知道他们的历史、他们的荣誉准则、他们的伦理和他们的世界观。人物将去选择，而且将做出确定的、观众可以期待并喜闻乐见的选择。"

广告执行人迈克尔·吉尔（Michael Gill）赞同巴里的观点，并补充道："我对人物的意见相同——他们就像你的朋友——你需要可靠的连贯性。你不希望你的朋友每次谈话时都变一个人。你不希望他们在情感上和心理上一会这样，一会又那样。

"你要寻找的是具有已知特性的人物。一旦你创造了一个成功的人物，那么艺术就在于，既要让他保持新鲜感和时代感，又要维持那些令人们感到安心的、前后一致的特定情感和细节。"

人物的品质不是单独存在的。一个具有连贯性的人物具有某些已确定的品质，已确定的品质反过来又暗示出其他的品质。

例如，假设下一部印第安纳·琼斯的故事将由你来写。其中一个人物是一位宗教学教授。他是早期基督教史专家，掌握着寻找重要文物的关键。我们对于这个人物的哪些猜想会是正确的呢？

如果这名宗教学教授有哲学博士学位，我们就可以猜想他已经做过大量的研究，能够从模糊信息入手，在图书馆或书店里轻易地找到各种类型的资料。对他而言，他在特殊领域，诸如哲学、教会史、社会学、人类学的兴趣就是合情合理的。

很多宗教学教授，特别是在美国的大学或神学院获得学位的那些，都具有文学艺术背景。他们上过艺术和文学课程，可能也学过一两门科学。那么对这样一位教授而言，热爱或者熟知文学、音乐、美术或建筑就不能算不合情合理的。而对考古学和早期教会史的兴趣可能会导致他热爱旅行。也许他曾经在土耳其、以色列和埃及做过考古学研究。此外，懂得几门语言也不算是不寻常，比如希腊文、拉丁文和希伯来文。

注意，一系列特性的组合就暗示出人物的其他品质。一个精于门德尔松（Mendelssohn）音乐的人可能会熟知维米尔（Vermeer）和伦勃朗（Rembrandt）的绘画；一个在农场长大的人可能懂得修理拖拉机和汽车，懂得看天气；一个成功的股票经纪人也许对日本的经济模式有所了解。

尽管这一切看似显而易见，但是很多人物未必就具有预期中的连贯性。有些母亲就不会留意从街对面传来的孩子哭声；有些在巴西长大的人在阿姆斯特丹的餐馆里听到邻桌传来葡萄牙语时也未必有所反应。在电视剧中我见过不少人物，他们本应具有精确持久的记忆，结果却记不得众所周知的日期或广受欢迎的流行音乐作曲家的名字。

缺乏连贯性的人物就是这个样子。如果创作者出于某种原因，刻意用这种方式设定人物，那么他就应该设定得更明确一些。否则看起来就像创作者对这种不合情合理毫无意识似的。

练习：思考一下你对以下人物的品质会有怎样的猜想——一个艺术品商人、一个凶手、一个加油站服务员。你想到的第一个品质可能很明显。再想一会，提出一些具有连贯性但又是常人注意不到的品质。

如果你只设定了一两个前后一致的品质，那么你就会有创造出俗套人物的危险。合情合理的人物不能成为受限制的人物。通过对连贯性的创见，你可以产生很多并非俗套的联想。但你仍然要选择人物的某些方面在剧本中揭示出来。如果你了解和理解某种人的核心气质，那么读者或观众就会感到清晰得多。

2.6 添加矛盾性

自然人就是自然人，而虚构人物总比一系列合理品质的组合更丰满一些。人是无理性的、不可预知的。他们经常做出让我们感到奇怪和震惊的事情，改变我们对他们的预想。许多特性只有在我们认识一个人很长时间之后才能了解到。这些都是细节，而且不易显现出来。但是，我们会觉得它们特别引人注目，因为它们能为我们描绘出一个特定的人。从某种意义上说，这些矛盾性经常会成为创造绝妙的、独特的人物的基础。

矛盾性并不无视连贯性，它们只是在补充。例如，我的一位宗教学教授在《新约》方面有专门研究。他是个非常拘谨、害羞、谦逊的人，但是对自己的领域非常了解。他写了很多书。尽管在班上他很谦虚，但他对自己的学说抱有强烈的信念。他知道自己相信什么，他在任何宗教问题上都有旗帜鲜明的立场，并且要学生也知道。他可以成为前述的连贯性人物的典型。

但是这个教授竟然做过牛仔，而且对套索颇为在行。在三四年的时间里，常有人求他表演绳索把戏，其中总是会包括把自愿"牺牲"者的腿捆住的项目。除了是个牛仔之外，他还以在犹他州的盐沼上赛车而闻名。所有这些特性使这个教授成为一个绝妙的人物。

小说家伦纳德·图尔尼把矛盾性看作创造绝妙人物的关键："如果人物由各种东西混合而成，其中包含着彼此敌对的因素，他们就会更加有趣。要创造这些敌对的因素，你先得建立其中一个，然后再问自己：'确定了这个因素以后，这个人身上有没有什么其他因素能创造出冲突来？'拿恋家的家居型人来说——这算不得是冲突的因素。但是假如他周末和朋友们出去做些很耗体力的事呢？这就很出乎意料了。用这样的特性，你就能走上创造有趣人物的道路。"

安娜·费伦在创作戴安·福西这个人物时，描写了一些她所发现的人物矛盾性。尽管这些在影片中都被剪掉了，但安娜认为它们都是戴安性格中特别绝妙的方面。"戴安烟瘾很大，还喜欢吃巧克力。她有时一天能吃掉十五到二十块好时巧克力。在她被害之后，我还在犹豫是否接下这个剧本。当我在非洲深处那间可怕的小铁皮屋子里看到她的衣橱时，我终于下定了决心——里面有件购自邦维·特勒①的绿绸舞裙。我的意思是，这真是矛盾——上帝啊，这个女人在干什么呀？在世界的这个角落里生活，衣橱里居然还有绿绸舞裙。"

在《飘》中，我们一开始把郝思嘉看作一个浪荡女子。我们会期待她勾引和玩弄男人——这对她的性格来说是合情合理的。但是我们也会惊讶于她在学校里最喜欢的科目是数学，惊讶于她身处危机时的清醒头脑，惊讶于她的坚强、果决和泼辣。

《一条叫旺达的鱼》(*A Fish Called Wanda*) 中，奥托被设定成又蠢又神经质的人物，但他同时又读尼采（Nietzsche）的著作，做冥想。在《广播新闻》中，精明强干的简每天早晨要花五分钟时间哭泣。所有这些矛盾性都使人物完满起来。

练习：思考一下你自己的连贯性和矛盾性。你的朋友有什么连贯性和矛盾性？你最喜欢的亲戚和最讨厌的亲戚各有什么连贯性和矛盾性？

2.7 添加价值观、态度和情感

如果你创造的人物只有连贯性，那么他们仍然会是立体的。如果你添加了一些矛盾性，那么你的人物就会独特得多。如果你想进一步深化人物，那么还有其他一些你可以添加的品质——你可以在价值观、态度和情感上拓展他们。

---

① 邦维·特勒（Bonwit Teller），专卖女性服饰、化妆品和家居用品的商店，现已倒闭。——译者注

情感深化了人物的人性。在《上班女郎》中，我们会对受压迫的女秘书特丝·麦吉尔产生移情。当她发现上司对她撒谎时，你可以感到她对遭到背叛的体会，感到她的灰心、悲伤和绝望。在那个短暂的情感瞬间，我们所有观众都和特丝心意相通，并对触动她的东西获得更深的理解。

在许多好故事里，我们都会对人物产生移情。我们能感到洛奇①的沮丧。在《火的战车》(Chariot of Fire)中，当本赢得赛跑时，我们和他一样喜悦。我们能体会《普通人》中肖恩的渴望和康拉德的消沉、《当哈里遇到莎莉》(When Harry Met Sally)中莎莉初识哈里时的厌恶、《危险的关系》中瓦尔蒙的自我厌恶。

可表演的、可理解的情感能够通过很多方式得以定义。我曾经听到一些心理学家幽默地把所有情感归纳为愤怒、悲伤、高兴和害怕四种类别。这是一份不错的初步列表，每个类别都意味着其他的情感。

> 生气意味着愤怒、怒火中烧、怨恨、沮丧、急躁、失去控制。
> 悲伤意味着消沉、绝望、灰心、忧郁和自我毁灭。
> 高兴意味着喜悦、幸福和狂喜。
> 害怕意味着恐惧、恐怖、惊骇和焦虑。

小说《普通人》在描写康拉德的消沉时添加了一些情感层次：

> 要让自己有理由早上起床，就必须找个指导原则才行。比如一种信念，一个你愿意使用的缓冲物……他仰面躺在床上，凝视着房间的墙面，思忖着他收集的那些宣言，它们现在已经不见了……现在墙壁是光秃秃的。它们刚刚粉刷过了。那是种暗淡的蓝色，一种焦虑的颜色。焦虑是蓝色的，失败是灰色的。他还记得那些印子。他告诉

---

① 电影《洛奇》(Rocky)的主人公。——编者注

克劳福德说，它们还会回来坐在他的床脚，麻痹他，羞辱他……①

在我的咨询中，一旦我发现人物缺少情感层次，我经常会建议作者重读剧本，并自问每个场景里每个人物的感觉是什么。尽管未必所有答案都会放进剧本，但对这些情感的理解可以制造出更丰富的人物和更深刻的场景。

态度涵盖了观点、视点、人物在特定情境下采取的特定倾向。它们可以深化和定义人物，显示一个人物如何看待生活。

而小说由于其形式的主观性，更能涵盖人物的态度。作家们可以通过人物的眼睛看待他或她的世界。

在小说《证人》中，我们可以看到瑞秋对她的丈夫雅各布的葬礼的态度：

> 瑞秋·拉普坐在一把直背椅子上，面对着棺材，背对着牧师。她仔细地听着，试图从牧师的话里得到一些安慰。阿米什葬礼本应为某种庆典——基督再一次胜利了。但是，瑞秋却觉得她很难打起这样的精神来。尽管逝者已经度过了漫长而幸福的一生——这在阿米什人中很平常——可瑞秋还是觉得死亡是件凄凉的事，无论牧师怎么纠正她的看法。②

葬礼上的一切都是从瑞秋的视角看到的，这使读者了解到瑞秋对死亡的看法。这一小段暗示出瑞秋具有一种叛逆的精神——她不像其他阿米什人一样看待死亡。这一态度将会使她做出非阿米什式的决定，例如到巴尔的摩看望姐姐，推迟改嫁，甚至是和约翰在谷仓里跳舞。

人物对他人、对自己、对情境、对特别的话题都有其态度。在电视剧

---

① 朱迪丝·盖斯特，《普通人》，纽约：企鹅出版公司（Penguin），1976年版，第1页。
② 威廉·凯利，《证人》，纽约：口袋书出版社（New York: Pocket Books），1985年版，第8页。

《墨菲·布朗》(*Murphy Brown*)的《妈妈说》(*Mama Said*)那一集［黛安娜·英格利希（Diane English）编剧］中，墨菲的母亲进城来了，每个人对她的态度都各不相同。

当墨菲向同事介绍她的母亲时，同事们向墨菲展现出惊讶的态度。

> **弗兰克**
> 你母亲？哇，墨菲，你还有母亲呀？

墨菲的母亲艾弗莉也把她对前夫的态度传达出来。

> **吉姆**
> 告诉我，布朗太太，布朗先生也来了吗？
>
> **艾弗莉**
> 没有。布朗先生在芝加哥，和一个年纪只有他一半的女人住在一起。我们离婚已经十五年了。我得到了房子，也得到了很多钱。而他只得到了他的内衣和马路上的沥青。

而墨菲则传达出她对母亲来访的态度。

> **墨菲**
> 如果我们都列出自己最喜欢的事，"互相拜访"就会紧挨着"吃猪头肉冻"。

科奇则传达出她对母亲和女儿应当具有的关系的态度。

> **科奇**
> 告诉我，你们娘俩第一晚打算怎么过？

> **艾弗莉**
> ……我想墨菲会愿意和我一起吃晚饭
> 的……然后我就回旅馆去。
>
> **科奇**
> 旅馆？……墨菲！你怎么能让你母亲住
> 旅馆呢？

酒保菲尔对艾弗莉有他自己的态度。

> **菲尔**
> 真是个漂亮的女人……生的孩子也不赖。

艾弗莉则对女儿和自己也有她的态度。

> **艾弗莉**
> 你是我最大的成就。可不知怎么我却失
> 去了你，永远地失去了你。我知道，如
> 果你听到母亲认错，你一定会很吃惊的。

黛安娜·英格利希认为，态度是笑料乃至戏剧情境的关键。

"我们经常会问：'人物会把何种态度带入情境？'如果态度不清晰，剧本就会平淡而乏味。最有趣的地方就在于态度出自情境，得到增强，并使事态复杂化。

"我们写过一个有迈尔斯和墨菲的场景。他试图说服她找律师咨询而不要自己解决问题。我们刚开始写时，觉得它写得很无聊。迈尔斯根本就没有态度。他只是个信息的传递者，一点趣味也没有。我们找不到他在这一情境下的态度，于是让他在进入这一场景时恰好刚理了发。他试图说服她去见律师，而她却一直盯着他的头发。他对说服她很有信心，但是他也知道自己的发型很难看，于是他只能假装它不难看。这样他便有了态度，我们就有了笑料。我们从人物身上得到了一些东西，从而避免让他只是进来摆道理。"

练习：想想你刚看完的影片或刚读完的书中有什么态度和观点。你是否清楚地理解人物对片中观念、哲学和情境的看法？再想想其他的影片。你是否理解《走出非洲》中卡伦·布利克森对非洲人的感受？你是否理解詹姆斯·邦德的正义感？你是否清楚哈里和莎莉对爱情和友情的观点？你是否知道白瑞德对内战的想法？

通过人物表达价值观，对创作者而言是表达自己信念的好机会。但有时，这些价值观——关心的事物、哲学、信仰体系——是创作者观察到并充实到人物中去的，价值观并不一定传达出创作者自己的观点。

下面是电影《证人》中的一个场景，注意瑞秋的个人观点（这里是关于把枪带进房子）和阿米什人对暴力的观点。

> 瑞秋进来，看到约翰·布克正在向塞缪尔展示他的枪。
>
> **瑞秋**
> 约翰·布克，只要你还要住在这所房子里，你就得尊重我们的规矩。
>
> **约翰**
> 给你。把它放在他找不到的地方。

接下来的场景是塞缪尔和伊莱之间的。在这里，伊莱表达出他对社会的观点。

> 伊莱
>
> 枪——手里拿枪就是要夺人性命,你要杀人吗?

塞缪尔盯着枪,不敢直视祖父的眼睛。伊莱向前探身,郑重地伸出手。

> 伊莱
>
> 手里拿什么,心里就会想什么。

塞缪尔挨了一下,但他鼓起勇气抗辩。

> 塞缪尔
>
> 我只杀坏人。

> 伊莱
>
> 只杀坏人,我明白了。那么你能分辨坏人吗?你能够看透他们的心,看到他们的恶劣吗?

> 塞缪尔
>
> 我看到他们干了什么,我看到了。

> 伊莱
>
> 既然你看到了,那你就要成为他们中的一员吗?你杀了一个,还要杀第二个,第三个?

他突然停了下来,低头片刻。接着他以严厉的目光盯着那孩子,坚定地把手放在桌子上,以充沛的激情说话。

> 伊莱
>
> (继续道)主说,你们务要从他们中间出来,与他们分别,(指着手枪)不要沾不洁净的物![1]

---

[1] 出自《圣经·哥林多后书》6:17。——译者注

很多影片都认同并讲述道，某种价值观是值得为之斗争并捐躯的。《丝克伍事件》(*Silkwood*)、《中国综合征》(*The China Syndrome*)以及"印第安纳·琼斯"系列片的核心都是被某种价值观所驱使的人物。

很多影片都讲述人物处于危机中，必须做出道德上的抉择，必须在价值观和赖以生存的东西之间做出选择。

《早餐俱乐部》(*The Breakfast Club*)展示四个人如何处理身份问题。《狼女传奇》(*The Journey of Natty Gann*)讲述一个女孩在遇到危机后的寻父过程。而在《并无恶意》(*The Absence of Malice*)和《被告》(*The Accused*)中，我们都看到人物在影片的进程中学会了诚实。

在《死亡诗社》(*Dead Poet Society*)中，我们知道了一种及时行乐的价值观——"活在当下""吮吸生命的甘露"。

除了这些人生的主题以外，还有些控制人物的驱动力，比如寻求宽恕、期盼和解、渴望爱或回家等，这在影片《原野奇侠》(*Shane*)、《一条叫旺达的鱼》和《外星人》(*E.T.*)等影片中屡见不鲜。

把价值观和特定人物相结合并不意味着你的人物需要讨论他们的信念。相反，你要通过人物的行为，通过冲突，通过人物态度来传达价值观。

2.8 细化人物

如果你在人物中灌注了情感生活，灌注了特定的态度和价值观，那么他们就会是多维的。但是另外还有一步才能使人物成为原创性的、独一无二的，这就是添加细节。

行为——人们做事的方式——标示出两个在生理外貌或观点上相似的人物之间的差异。千人有千面，正是小细节使他们独特和非凡。

如果要我来列举我的朋友和熟人们的一些细节，那将会包括：

- 一个言必称"你知道"和"没问题"的人。
- 一个三十岁的女人,手提包里总是装着两只毛绒玩具,常把纸鹤当礼物送给朋友。
- 一个三十五的男人,因具有反秩序倾向而从来不肯穿西装。
- 一个四十岁的男人,永远拿爵士乐做背景音乐。
- 一个职业女性,以戴独特的耳坠闻名(只当着朋友的面戴)——例如香蕉、火烈鸟、美冠鹦鹉和飞去来器等形状。

有些最难忘的人物正是因为他们的那些细节而被人牢记:墨菲·布朗紧张时会掰断二号铅笔;印第安纳·琼斯害怕蛇,而且总戴着他最喜欢的帽子;阿奇·邦克①给他女婿起了个绰号叫"呆瓜"。

细节可以是人的行动、行为、语言用法、仪态、衣着、笑声、面对特定情境时采取的特殊方法等。

细节时常来自人的缺点。在《神话的力量》中,约瑟夫·坎贝尔说:"作家必须实事求是。这是道鬼门关,只有描写了人物的缺点,你才能真实地描写人物。完美的人是无趣的……生活中的缺点常常是很可爱的……完美是无聊的、非人性的。中心点是人性,人性是让你成为一个人而非神或超自然的东西……这种缺点、这种努力、这种生活……才是可爱的。"②

在很多备受好评的影片中我们都能看到人的缺点,例如《一条叫旺达的鱼》中的肯患有口吃;《性、谎言和录像带》(Sex, Lies, and the Videotape,1989)中的主要人物为垃圾而费神;而在《当哈里遇到莎莉》[诺拉·埃夫龙(Nora Ephron)编剧]中,哈里谈到了莎莉的个性中独一无二的细节。

---

① 电视剧《全家福》(All in the Family)中的人物。——译者注
② 约瑟夫·坎贝尔(Joseph Campbell),《神话的力量》(The Power of Myth),纽约:双日出版社(New York:Doubleday),1988年版,第4—5页。

内景　除夕派对　夜

　　　　　　　哈里

我想了很多。结论是，我爱你……我爱你当外面气温二十多度时还会感冒。我爱你订份三明治要花上一个小时。我爱你皱眉看着我，好像我是个白痴似的。我爱整天和你在一起然后还能在衣服上闻到你的香水味。我还爱你是每晚睡前我最后一个想说话的人。不是因为我孤单，也不是因为今天是除夕。我来是因为，当你意识到你想和某人共度余生时，你就会希望这余生能尽快开始。

练习：想想你的朋友和熟人。有什么小细节使他们有别于旁人，使他们令人难忘？哪些细节招人喜欢？哪些招人厌烦？你能够把它们结合到人物中去吗？

2.9 个案研究：《夜鹰热线》

《夜鹰热线》(*Midnight Caller*) 于 1988 年秋天首播。这部剧的创始人[1]理查德·迪莱洛（Richard DiLello）谈到创造杰克·基利安这个复杂人物时说道：

"我总是从人物名字开始。我会花几天时间列一张人物名字的表。我想象杰克·基利安是个三十来岁的男人。然后，我需要在他的幕后故事中写出他一生的重大事件，好让他从一个警察走上了一个让他振奋的岗位——'夜鹰'。我觉得杀死他的搭档可能是最极端的事件了，观众可

---
[1] 大多数美国电视剧都有所谓的创始人（creator）一职。创始人兼具策划、编剧和制片人身份。——译者注

能不容易接受，但是我意识到必须有一个黑暗的时刻，一个无法挽回的时刻。

"在试播集①里，有两个简洁的场景显示他在陈年往事中迷失了自我，落到了人生的谷底，企图自绝于世界。他把自己钉上了十字架，而德文·金这个人物成为他的拯救者。她给予了他一个机会，使他从十字架上走了下来。

"在某些方面，杰克是个典型的警察。他是个蓝领，没受过正式的教育。你得承认这一点，哈佛商学院的毕业生是不会当警官的。他喜欢体育和摇滚乐。

"他的选择性阅读使他与世界格格不入，而且很敏感。他读当代小说。我总是把他想象成杰克·凯鲁亚克（Jack Kerouac）和雷蒙德·卡佛（Raymond Carver）的书迷。基利安要形成自己的人生哲学。他不是个有觉悟的知识分子，不过我们倒可以说他是个街头知识分子。他意气用事，行为鲁莽，犯了不少错。但他却是个不一般的警察。大多数警察都愤世嫉俗——由于工作中的阴暗面，他们基本上都把人性抛弃了。而杰克却总是保持着同情心，热心于人们的问题。他自己问题成堆，束手无策，却发现解决别人的问题容易得多。他不会安排自己的生活，也无法找到稳定的爱情，但是他却能帮你找，还会告诉你怎么做。

"我觉得他意识到，自己本来可以对人生有更多的追求，但是缺少了融入社会的机会。他比大多数警察更有情感表现力——而不是隐忍克制——他不喜欢自己那样。他宁愿自己更冷漠一点，但却容易动情。他反感浮夸和伪善的人，反感不公和不义的事情。他为必须和官僚打交道而感到沮丧。他喜欢的是简单的东西，比如一顿美餐、猫王的唱片，还有芝加哥小熊队的比赛。

"他绝对是个孤独者，但他宁愿做个孤独者。他的此生至爱患了艾滋

---

① 美国电视界将电视剧的第一集称作 pilot（有导引的含义），通常在其中交代人物、背景、事件等信息并将其作为样本送交电视台试播。——译者注

病。他憎恨那个知道自己患病还传染给他爱人的男人。他的情感生活仍在发展。

"基利安根据自己的道德准则工作。他有一套价值观。他的人性是这部剧中最重要的东西。他的态度是很有人情味的,虽然有时会蒙上一副黑色幽默的面具。在帮助听众理解他们自己的世界方面,杰克绝对是填补了空白。每集结束时,杰克会在停止播出前做一番陈述,告诉人们他在这一小时里的收获。我的意图在于,他实际上是个英雄——另一种类型的英雄。他的总结陈述显示出他既是一个思想者,又是一个行动者。"

课后实践

运 用

鉴于大多数人物创造都是来自观察,那么编剧、作家就必须持之以恒地坚持自己的"训练"状态。作为一个练习,你可以研究一个在机场、杂货店或在工作场所遇到的人。问自己以下问题:

- 如果要粗略但有力地刻画这个人物,需要做什么描写?
- 如果给予他或她一定的背景,关于这个人物的哪些东西可能是真实的?你能否想象到一些能使其成为有趣人物的矛盾性?

然后,当你在你的故事中面对主要人物时,问你自己:

- 我的人物成立吗?我是否呈现出足够多的人物品质?
- 什么能使我的人物有趣?引人注目?令人着迷?独一无二?不可预知?我的人物曾否做出过出人意料的事?这些矛盾性是和我创造出来的连贯性相冲突,还是扩展了我的人物?
- 我的人物关心什么?人物的价值观是可以理解的吗?它们是通过行动和态度传达出来的,还是通过冗长的独白传达出来的?

- 我的人物具有清晰的感受吗？是否每一个人物都有多种不同的情感，而非重复其他人物的类似情感？
- 我是否运用了人物的态度来帮助定义人物？

创造人物的过程是随时都在进行的。即使没在写作，编剧、作家们也在积累细节，向现实寻找灵感和想法。正如广告导演乔·塞德迈尔所言："它总是从现实开始，即使我要复制，我也得复制现实。"

小 结

巴里·莫罗认为创造人物和雕塑家的工作相似："它就像雕刻泥块、切削木头一样，只有把冗笔去掉，你才能得到好东西。"

塑造你的人物有六个步骤：

- 通过观察和体验，得到第一个想法。
- 对人物进行粗线条刻画。
- 寻找人物的核心，以创造人物的连贯性。
- 寻找人物身上的矛盾之处，以创造人物的复杂性。
- 添加情感、态度和价值观，以进一步充实人物。
- 添加细节使人物非凡而独特。

第 3 章
创造幕后故事

当你在真实生活中初识某人时，你是否常会对此人的背景感到好奇呢？你曾否问过下面这些问题：

- 他从哪里来？他为什么迁居到你所在的城市？
- 她为什么决定接受这一特定工作？她过去曾做过什么工作？
- 他们结婚多久了？他们在哪儿认识的？

我们总对过去感到好奇，因为每个决定背后都有有趣的故事。有人卷入了阴谋（"她被迫离开这座城市"），有人卷入爱情（"他们留学法国时在艾菲尔塔顶邂逅"），还有人卷入腐败（"这个政客用政府的钱给他自己买豪宅"）。当前的情境只是过去的决定和事件的结果。每个选择都会决定未来的选择。

每部小说和剧本都着眼于特定的故事，我们可以把这称为幕前故事，它是作家想要讲述的真正故事。但是，幕前故事中的每个人物之所以成其为自身，之所以有此作为，都是由于他们的过去。这一过去可能包括创伤和危机、出现在他们生活中的重要人物、他们接收到的积极或消极的反馈、童年的梦想和目标，当然还有社会和文化的影响。

幕后故事提供了两种不同的信息。其一是直接作用于故事构建的过去事件和影响。例如在《女预言家》(*Sibyl*)、《三面夏娃》(*Three Faces of Eve*)、《哈姆雷特》(*Hamlet*)、《普通人》、《公民凯恩》等影片和书籍中，正是关键性的背景事件创造了幕前故事。观众或读者以及创作者都必须清楚这些幕后事件，才能理解故事。

某些幕后故事信息就是人物传记的一部分。这些信息可能从不会被传达给观众，但作者需要知道，因为这些幕后故事有助于创造人物。

人物诞生在作者的头脑之中，并被赋予一系列态度和经历的特定组合。幕后故事能够帮助作者发现这些态度和经历到底是什么。要创造完整的人物，幕后故事是不可或缺的。

3.1 你需要知道哪些幕后故事信息？

很多演员在饰演角色之前都要在人物的幕后故事上做相当多的工作。著名的演员、导演和教师康斯坦丁·斯坦尼斯拉夫斯基（Constantin Stanislavski）建议演员们为人物写一个特别传记。拉约什·埃格里在《编剧的艺术》中建议编剧们也这样做。一篇人物的传记可以包括如下的信息：

生理：年龄、性别、仪态、外表、生理缺陷、遗传特征

社会：阶级、职业、教育、家庭生活、宗教信仰、政治派别、爱好、消遣

心理：性生活、道德准则、志向、挫折、脾气、对生活的态度、情结、能力、智商、个性（外向或内向）[①]

[①] 拉约什·埃格里（Lajos Egri），《编剧的艺术》（*The Art of Dramatic Writing*），纽约：西蒙与舒斯特公司（New York: Simon & Schuster），1960年版，第36—37页。

而卡尔·索泰则这样建议："把人物传记写满三页纸是件危险的事，但我还是要鼓励创作者们去做。然后，我会告诉他们把人物传记扔掉。你一定要把人物传记扔掉，但心里要清楚上面都有什么。要让其他的元素发展起来，人物才会发展。人物有很多种方式能诞生在你面前。任何人都能写出三页纸的人物传记。你会发现这很有好处。通过这一练习，你会获得以后能用到的一些元素。但你不能就此止步不前。"

弗兰克·皮尔逊［《热天午后》（*Dog Day Afternoon*）、《铁窗喋血》（*Cool Hand Luke*）、《冷暖天涯》（*In Country*）的编剧］补充说："对于人物，你需要了解的东西就是演员表演该场景时需要了解的东西。重要的是感官的记忆。如果你要提问，不要问人物诸如'他们上的什么学校？你在工厂工作过吗？你母亲是个专横的人吗'等问题。你要问人物的是'你最丢脸的经历是什么样的？你可曾感觉自己像个傻瓜？你最倒霉的是什么事？你当众呕吐过吗'。你需要表达出这些情感，因为这些才是人物带进场景里并为他们的行为添彩的东西。"①

幕后故事因人物而异。但人物传记能给你的信息不一定总是有用的。如果你在写《哈姆雷特》，你没必要连哈姆雷特童年时玩什么游戏、喜欢什么人都知道。但是如果你在写《屋顶上的提琴手》（*Fiddler on the Roof*），知道这些信息就很有必要了。

对很多创作者而言，创造幕后故事的过程是和创造人物、写作故事同时开始的。当他们写作时，他们意识到自己对人物所需要的特定信息没有把握。或者，他们发现人物对事件和他人的反应是不可预知的。也可能，他们不知道人物在特定环境中会如何回应。而幕后故事正是在不断地问关于人物的"为什么"和"什么"中发现的。

- 卡伦·布利克森为什么要去非洲？在她的丹麦生活中，有什么东西

---

① 弗兰克·皮尔逊（Frank Pierson），《赋予你的剧本节奏和速度》（"Giving Your Script Rhythm and Tempo"），载于《好莱坞编剧》（*Hollywood Scriptwriter*），1986年9月，第4页。

促使她动身？
- 《致命诱惑》中，亚历克丝为什么会如此绝望，非要和丹结婚生子？什么在三十六岁这个年纪影响了她，让她发了疯？
- 《普通人》中，贝丝为什么如此害怕感情？当孩子还小时，她是什么样的？她何时开始失控？
- 墨菲·布朗的哪件往事使她开始酗酒？
- 布鲁斯·韦恩为什么会成为蝙蝠侠？

了解人物的幕后故事和了解一位新朋友的过去很相似。来自过去的信息深化了友谊。科尔曼·勒克这样描述幕后故事："一开始，你看待人物时，他的人生故事是碎片化的——他的一生有待你的探索。就像回溯并发现你祖父的故事那样，你可以坐在那里听着关于他的一切，并通过这些故事认识他……或者可以问关键性的问题，找到他的本性。"

寻找幕后故事就是一个发现的过程。你可以从问人物问题开始。然后你回过头去，搞清楚哪些过去发生的事会影响到当前的行动。

当威廉·凯利和厄尔·华莱士（Earl Wallace）写作《证人》时，威廉对约翰·布克这个人物一辈子从未谈过恋爱而感到奇怪，于是他问了厄尔。他们一起打造了一个答案。

"约翰·布克就像个谜，"威廉说，"他似乎没有什么浪漫的经历。所以我问厄尔：'他为什么没有呢？'厄尔答道：'哦，他没有时间，他很忙。'我说：'得了吧，厄尔，我认识两个洛杉矶最忙的警察，他们有的是时间恋爱，而且都结了婚。'于是他说：'哦，他不是个走常规路线的人。'这就帮助我定义了这个人物。厄尔在剧本中做了大多数和约翰·布克有关的工作，但当我写小说时，我必须更仔细地定义他。逐渐地，我把他变成了一个死板的人，不会谈恋爱。这种人总是问一些尖锐的问题，把女人都吓跑了。你知道，瑞秋是他这辈子认识的第三个女人，三个女人里还要算上他的妹妹。"

詹姆斯·迪尔登这样解释亚历克丝·弗雷斯特的性格："亚历克丝曾和一个年长的已婚男子有过长期的恋爱关系，在故事开始前六个月才结束。她本以为他会娶她，但他没有。现在她振作起来了。在影片中原来有一个关于这段爱情、关于她的孤独的场景，但我们把它拿掉了。"

幕后故事信息不需要总出现在故事中。在所有这些例子中，作者们是为了理解人物才需要幕后故事信息，但幕后故事信息没必要被放进故事情节中。

库尔特·吕德克解释道："我不认为我们在幕后故事上做了足够的工作。我从未听说幕后故事在写作剧本之前就得到完全揭露。你觉得你已经完成了幕后故事，可当你上路时，你还会遇到某个情境，并意识到自己并不知道这一态度从何而来。有时，场景显得平淡，部分原因正是人物对何去何从太清楚了。有时我会问：'如果他没有像大多数人那样做呢？如果她并没有说出你意料之中的话，而是相反呢？'通过举一反三，场景经常会变得有趣。这需要对幕后故事做更多的探索。"

3.2 幕后故事揭示什么？

幕后故事有助于我们理解人物行为。有时，过去的信息还会有助于我们理解人物现在的心理。

在《致命诱惑》中，丹和亚历克丝在公园里跑步时，丹倒下来装死。他的行动使她的幕后故事信息显现出来。

> **亚历克丝**
> 这事你做得太恶劣了。
>
> **丹**
> 嗨，对不起还不行吗？我只是在闹着玩。

> **亚历克丝**
> 我父亲就死于心脏病。那时我才七岁,他就死在我面前。

知道这一信息后,我们对亚历克丝的行为就多了几分理解。由于早年间失去了生活中最重要的男性,她对男人极不信任,即使她同时也依赖他们。这种创伤——特别是父亲死在她面前——造成了她的恐惧感和不安全感。尽管亚历克丝后来否认了她父亲的死,但是丹却发现那是真事。童年时的重要事件为亚历克丝的行为给出了答案。

在戏剧《危险的关系》中,侯爵夫人梅尔特伊解释了社会背景如何决定她的态度:

> **瓦尔蒙**
> 我经常好奇你是怎么虚构你自己的?
> **梅尔特伊**
> 我没有选择,我是个女人。女人总是被迫变得比男人更老练……你们可以仅凭想象就摧毁我们,而我们谴责你们却只会增加你们名望……我当然要虚构。其实我不是在虚构自己,而是在摆脱自己。从未有人设想过这点,连我自己都没有。我必须跑得够快才能即兴创作。我成功了,因为我知道我生下来就是为了支配你们这一性别的人并为自己复仇。我一进入社会便知道自己的角色已被选定……换句话说,就是保持安静,让我做什么就做什么。这给了我大好的机会去听、去留意。我不留意人们嘴上说的东西——那一点意思也没有——而是留意他们企图隐藏的东西。我学会了超然物外……我向最严格的道德家

> 请教如何举止，向哲学家请教如何思考，
> 向小说家请教如何逃避惩罚。最终，我使
> 自己的技艺臻于完美。[1]

在朱迪丝·盖斯特的小说《普通人》中，我们通过幕后故事了解了贝丝的控制欲。这有助于解释她为何无法应对大儿子死去的悲剧。

这一信息是从卡尔文的视角中得到的：

> 他（卡尔文）记得，在他们的生活中，有段时间，贝丝显然感到自己被束缚了。当乔丹两岁时，康尼才十个月大，他跟在哥哥身后蹒跚学步，两个人把北边的那间小公寓搞得天翻地覆。"开头这五年一晃就会过去"，她（贝丝）曾在派对上快活地说过。他记得那句话，但他也记得这样的情景——她一面擦着墙上的手指印，一面因发怒而绷紧了身体；她会因为玩具放错了地方或者因为一勺食物掉在地上而号啕大哭。曾经有一次，他冲她大叫，让她暂时忘掉那该死的清洁时间表。而她勃然大怒，责骂他，并在床上歇斯底里地乱跳。没有什么是完美的，不要介意那发生在她身上、发生在他们大家身上的难以置信的磨难。即使凡事都不顺心，也不要介意。[2]

幕后故事信息可以告诉我们为什么一个人物害怕爱情（也许因为过去受过伤害），或者为什么他或她会变得愤世嫉俗（也许因为爱人的离世）。它可以使我们对行为和回应的动机获得认识。它显示出过去的某种影响如何造就了现在的特定人物。

---

[1] 克里斯托弗·汉普顿（Christopher Hampton），《危险的关系》，伦敦：费伯－费伯出版社（London: Faber and Faber），1985年版，第31—32页。
[2] 朱迪丝·盖斯特（Judith Guest），《普通人》，纽约：企鹅出版社，1976年版，第83页。

3.3 你需要多少幕后故事信息？

很多作者犯了纳入过多幕后故事信息的错误。通过使用闪回、画外音和梦境，他们使剧本负载了过多关于过去的信息，而没有着眼于现在。

戏剧性的东西在于现在，在于此刻。过去的东西不会有戏剧性，即使它对现在的行为发生冲击。

卡尔·索泰说："我们要看的东西是人物此刻的反应。作为一个编剧，你知道他这么做是由于过去的事件，这很好，但你不需要把这解释给观众看。"

把人物的一切往事都告诉观众会妨碍真正重要的东西——揭示人物现在的故事。幕后故事不能讲得太多。如果人物必须坐下来谈论往事，他们就会变得枯燥乏味、没有生气。用冗长的独白、闪回和展示传达过多的幕后故事信息将是致命的，它会拖了故事的后腿，而非向未来推进故事。

还记得冰山的比喻吗？幕后故事中百分之九十不用放在剧本里，但作者要清楚。观众知道那些能够帮助他们理解人物行为驱动力的信息就够了。观众凭直觉就能从人物现在的行为了解他们的过去。幕后故事越丰富，人物就越丰富。

通常，以只言片语每次透露一点幕后故事是效果最好的。如前例所示，掺入幕后故事要做得微妙、简明、小心才行，这样才能阐释并加强幕前故事。

3.4 小说中的幕后故事

幕后故事在小说中也起到相似的作用，尽管它们被纳入作品的方式有所差异。作为本书研究的一部分，我和四位住在圣芭芭拉的小说家共进了午餐，和他们讨论幕后故事在小说中作用的方式。鉴于他们都是写作教师，他们能够给写作新手和有经验的作家都提出特别的建议。

伦纳德·图尔尼说："19世纪的小说几乎总是先说幕后故事——从人物的童年开始。它们随时随地在探索人物，这就是小说如此之长的缘故。现代小说极少这样做，它们都是'预支'式的，就像电影一样：片头字幕一结束故事就开始了。现代小说是电影化的。"

丹尼斯·林德斯［Dennis Lynds,《卡斯特拉塔》（Castrata）、《女孩为何骑横鞍》（Why Girls Ride Sidesaddle）的作者，笔名迈克尔·科林斯（Michael Collins）］说："重要的是你正在讲的故事。幕后故事必须适应于故事。在我的进行中，我知道过去是什么，但假如现在发生了某件事，我就会说：'不，我得更改过去。'

"有时我们在谈到幕后故事时，就好像它真的存在似的。但其实它也是编出来的——它来自我们的想象。作为作家，我们只是把事情写到纸上并操纵它们。就像玩黏土一样——这就是说人物的层次和质地。它是我们编造出来的，没有戏剧性，直到你需要它时才出现。它只在特定的时刻重要，之前并不重要。"

雪莉·洛文科普夫［Shelly Lowenkopf, 神秘悬疑小说《希望之城》（City of Hope）、《狮子之爱》（Love of the Lion）的作者］说："当你弄清楚人物是谁、他们需要什么之后，你必须决定他们彼此之间的关系——你可以从写幕后故事开始。幕后故事必须在背地里编制。当我写幕后故事时，我就把所有人物的背景填满了。幕后故事信息并不重要——直到你需要它时。理解早先发生的事情很关键，过去的东西解释了现在的动机。但你用不着写一部编年史。"

盖尔·斯通说："当你刚开始写作时，你可能会非常困惑，这是因为你还有很多东西没意识到。你时常会感到失控，感到痛苦。那么作为一名新手，你需要尽可能多地了解幕后故事。这些知识就像安全毯[①]一样。当你成为一个有经验的作家后，你就不必知道那么多了。作为一个成熟的作

[①] 指儿童依恋并从中获得安全感的物体，通常为毯子。——编者注

家，你必须知道从什么开始，只有把人物扔进一个情境中，你才能发现他或她是谁。我不想一开始就对人物了如指掌，因为我需要火花，需要在写作过程中那些令人惊喜的元素。"

3.5 电视剧中的幕后故事

某些电视系列剧如《亲爱的约翰》(Dear John)、《吉利甘的小岛》(Gilligan's Island)、《亡命天涯》(The Fugitive)、《比佛利山人》(The Beverly Hillbillies) 都以简短的背景故事作为片头字幕的衬底。而另外一些电视系列剧则向幕后故事寻找故事想法和人物发展。在某几集里，某个来自过去的人物会成为故事的焦点。正像在故事片中，有时人物会做出特别的反应，作为某种过去经历的后果。幕后故事信息越多，创造复杂人物的潜力就越大，这样电视剧就能一周又一周地吸引观众。

科尔曼·勒克谈到《私家侦探》中的复杂人物罗伯特·麦考尔时说："当为一部系列剧创造人物时，你需要创造有内部潜力的——如此就可以持续地找到新鲜的东西。罗伯特·麦考尔曾经在中央情报局工作，是世界上最顶尖的特工。后来他离开了。而现在，他已经对那些东西烦透了，甚至是感到愤怒了。这些事实就创造了一系列的'为什么'。这些'为什么'就是你要弄清楚的，就是你解答整部剧的路线图。"

通过探究麦考尔的过去，这些'为什么'在剧中得到了进一步的探索。"控制"——麦考尔的复仇女神，为探索这一人物的复杂性提供了机会。

"麦考尔和'控制'之间有一种多面的关系。如果你有一个像麦考尔这样深入而复杂的人物，那么引入另一个人物以展现他们过去的经历就会是件妙事。他们相识很多年了，因此你可以加进愤怒和关怀等感情，以制造冲突和关系。"

在《蓝色月光》中，作者们在大卫的背景中加入了一块未曾被发现的领域，进一步拓展了他的性格。卡尔·索泰解释道："其中一个原因是我们发现大卫曾经结过婚。这一发现很有意义，我们得以打造了特殊的一集。大多数幕后故事正是在我们的努力下才揭开的。

"这一信息带来了一个有趣的故事。我们为他有个前妻而感到吃惊。在讨论中，我们发现那次离异让大卫很痛苦，而他面对此事的方式就是假装她不存在。大卫突然有了前妻，这既是个很棒的故事，也恰好解释了我们为什么从来没听说过她。"

3.6 什么情况下需要幕后故事？

尽管你不需要完全知晓人物的过去，但在某些特定情况下，你有必要注入一些幕后故事信息。

如果一个人物现在要经历重大的改变，那么写作者往往需要一些幕后故事信息，以帮助解释这些行动和决定。

在很多查尔斯·布朗森[①]主演的影片中，幕后故事解释了他为什么要寻求复仇。通常，这是因为过去曾经发生过一些恶劣的罪行，而他当时无力去解决或施以惩罚。而在很多西尔维斯特·史泰龙（Sylvester Stallone）或查克·诺里斯[②]的影片中，幕后故事解释了他们为什么要冒死执行一项特殊任务。而在《空手道少年》（The Karate Kid）或《墨菲罗曼史》（Murphy's Romance）中，我们通过幕后故事信息得知人物为什么决定要离开某地。在《私家侦探》的试播集中，幕后故事解释了罗伯特·麦考尔为什么要改行。

人生中的转变不是无端发生的，而是被过去的特定情况所驱使的。如果一个人物做出了非同寻常、难以置信，或者看似脱离本性的事，那么就

---

① 查尔斯·布朗森（Charles Bronson，1921—2003），美国动作明星，曾主演《西部往事》（Once Upon a Time in the West）、《大逃亡》（The Great Escape）等影片。——译者注

② 查克·诺里斯（Chuck Norris，1940—   ），美国动作明星，曾参演《猛龙过江》、《敢死队2》（The Expendables 2）、《越战先锋》（Missing in Action）等影片。——译者注

需要幕后故事解释这一行为。

如果在你的故事里，一个普通的家庭主妇突然毫无来由地决定花上几个月的时间破解一桩罪行，那么幕后故事里最好有些信息，不仅能解释她为什么这样做，而且能解释她为什么觉得自己能破解警察都解决不了的罪行。

当然，你可以在幕前故事中展现这一罪行，展现她的丈夫和孩子因此受害，以建立起她卷入其中的个人理由。但是，你也可以在幕后故事中把她设定为一个法律系学生，对法律的运作有着很充分的研究和学识；或者她一直是位侦探小说爱好者，或者她是位特赦国际组织的成员，有强烈的正义感；或者她的父亲就是个警察；或者她的母亲也是一桩悬案的受害者。

所有这些幕后故事信息都有助于解释人物的反常行为。一个侦探去查案不需要多少幕后故事信息，而一个家庭主妇就需要很多可信的动机信息，才能解释为何她采取如此的行动。

练习：设想你要创造一个人物，在故事的一开始，主人公就决定去印度寻找珍稀的印度教艺术品。在幕后故事和人物传记中，哪些信息是你需要知道的？哪些信息是观众需要知道的？关于动机，哪些是你需要知道的？人物是出于职业需要还是业余兴趣？人物有没有专门的技巧和才能？人物有没有特定的情景，例如危机、竞赛或任务？人物为什么要在现在动身？如果故事发生在20世纪20年代或19世纪20年代，幕后故事信息又会有哪些不同？

3.7 个案研究:《墨菲·布朗》

《墨菲·布朗》于1988年11月14日开播。在试播集里，我们听到墨菲·布朗开口说的第一番话全是关于幕后故事的。我们了解到墨菲正从贝蒂·福特中心①的"戒断期"中恢复过来。在最近的访问中，黛安娜·英格利希解释了创作该幕后故事的意图：

"墨菲在贝蒂·福特中心待过，她有易沉溺的性格，这解释了关于她的很多东西。这意味着她可能有强迫倾向，甚至有时会任性。我们在她从贝蒂·福特中心回来的当天见到了她，把她看作一个正在接受测试的、无依无靠的受访者。这就是试播集的目的——测试人物，同时人物也在试图重新定义她自身。"

关于墨菲的第一个信息就与幕后故事有关。它建立起了情景。而且幕后故事也可以被用来拓展她的性格。

"在这第一集里，我们发现她的事业曾经非常非常成功。当她进入房间之前，我想弄个小的幕后故事，这个故事不是由她自己讲出来，而是通过其他人物对她的议论展现出来的。她曾经是沃伦·比蒂②的支持者。她曾经喝酒抽烟，但现在都戒掉了。我想描绘一个大家都认识的人物，她从来听不进别人的话，而且让很多人感觉芒刺在背。但是他们却很喜欢她。这就告诉你，她是一个我们应该去喜欢、去支持的人物。

"在试播集里，我们发现她是个独生女，不知道如何去分享。她是个自顾自的人。我们很想知道她的出身，所以感到需要给她找个长辈。通过介绍她的母亲，我们对墨菲有了更多的了解，知道了她的个性从何而来。墨菲的母亲是比她更加不走寻常路的人物。当她和母亲在一起时，她总感到自己很渺小，很无能。最重要的是，她长大后再也没对母亲说过'我爱你'。这就是故事的核心。

"在其中一集里，我们还让她的前夫回来了。虽然他们的婚姻仅仅维持了五天，但这有助于更多地揭示墨菲在20世纪60年代的生活。就是在那时，她和这个男人相遇了。两人都很激进、很冲动，结婚五天后就分手

---

① 贝蒂·福特中心（Betty Ford Center），一家戒毒和戒酒机构。——译者注
② 沃伦·比蒂（Warren Beatty，1937— ），美国演员、导演，曾经主演《邦妮和克莱德》(*Bonnie and Clyde*)、《巴格西》(*Bugsy*)，主演并导演《赤色分子》(*Reds*) 等影片。——译者注

了。在她的生活里从来没有过这样的人，这就是她为二十年后的重逢感到极度紧张和兴奋的原因。对她来说，问题全来了：我还有魅力吗？他还有魅力吗？他会怎么看待我现在的生活？我完蛋了吗？"

剧中有展现墨菲如何得到工作的一个闪回段落："这一集把人物带回1977年，她和弗兰克去参加《FYI》①的面试。在这一集里，你可以看到她那些尖锐的侧面——她抽烟喝酒，留着卷发，戴着安妮·霍尔式的帽子，穿着球鞋，否认自己其实很想要这份工作，拒绝俯首帖耳地做事。"

幕后故事不止在主要人物上发挥作用。在《墨菲·布朗》中，幕后故事也被用于拓展其他人物："我觉得，我们想要多了解吉姆·戴尔一点——他的婚姻状况怎样？有没有孩子？在办公室之外的个人生活如何？他没有头发时是什么样？科奇也是如此。她来自南方——我们想了解这个。我们还想了解迈尔斯的幕后故事。他如何在二十五岁就得到了这份工作？他来自什么家庭？家里人为他感到自豪吗？他有没有兄弟姐妹？我们正考虑在某一集中引入这个人物——他比迈尔斯大一岁，并开始和墨菲约会。

"我们也想见见墨菲的父亲。他和墨菲的母亲离婚后娶了一个年轻得多的女人。他们现在已经有了个八个月大的婴儿。我们期待着展示他们的互访。墨菲曾是独生女，这就产生了趣味——现在她有个弟弟了，而他父亲的第二任妻子可能刚好是她的同龄人。

"我觉得你可以通过把人物放进情景中，并迫使他们开启一段新生活，从而定义他们，你不能把人物放在台上让她讲述自己的故事，那只是外化而已。更成功的发展人物方式是创造情景，让他们产生反应。通过反应，你就能了解他们。"

在《墨菲·布朗》这个案例中，幕后故事定义了主要人物，拓展了他们的故事，也创造出有力的人物关系。

---

① 剧中虚构的一家新闻杂志。——译者注

课后实践

运　用

当你为人物发展幕后故事时，问自己以下的问题：

- 我的幕后故事写作是不是一个发现的过程？我是否仔细地揭开幕后故事，而非把和故事不相关的事实和历史强加给人物？
- 当我把幕后故事信息加入故事时，是否特别小心地只把绝对必要和相关的信息讲述出来？我是否铺陈了这一信息，使其贯穿整个故事，而非局限于一两次冗长的话语中？
- 我是否尽可能简短地讲述幕后故事信息？我是否用只言片语的信息揭示出很多东西，诸如动机、态度、情感和决定？

小　结

寻找幕后故事是一个发现的过程。作家需要不断地来回考虑——问有关人物过去的问题，以深化对现在的理解。这一过程贯穿于故事的写作中。幕后故事能持续地丰富、拓展和深化人物。这往往是创造可信人物的关键。

第 4 章
理解人物心理

你没必要成为心理学家来理解人物的动力和动机。作为一名小说家,朱迪丝·盖斯特以她在心理学方面的见识而闻名。但她也没有什么心理学背景:"我没受过什么正规的心理学训练。我在大学里上过一门课程——反常个体的心理。上课的结果就是我开始对人类的行为感到痴迷。我想要搞明白,为什么人们会做出那些事,是什么驱动着他们的行为。"

正如构建人物包括创造人物外在的生理和行为一样,它也包括对人物内心活动即心理的理解。

一名创作者需要理解人物行动的缘由,理解为什么他们要这么做,为什么他们需要这个。"写作的一半是心理学,"巴里·莫罗说,"有一个稳定的核心,或者说与行为的协调一致性。人们不会随便给个理由就行动。要保持和人类行为的一致,你就必须知道在大多数情况下人们会怎么做。人们也不会没有理由就行动。每个行动都有其动机和意图。"

我们经常会思考人物的心理,我们会思考那些反常的个性,例如在《女预言家》、《三面夏娃》、《大卫和丽莎》(David and Lisa)、《我从未承诺给你一座玫瑰园》(I Never Promised You a Rose Garden)、《雨人》中。无论你创造什么人物,潜在的动机和无意识的力量都是很重要的。

为了理解如何构建人物心理，我们不妨仔细观察《雨人》中的两个人物——查理·巴比特和雷蒙·巴比特。尽管我们要求对雷蒙的心理做特别研究，理解查理的心理也是很重要的——它驱动着故事。在这一章里，我们将听到参与项目的编剧们来亲自解释。他们是故事的原创者巴里·莫罗和改编者罗恩·巴斯。

"当史蒂文·斯皮尔伯格（Steven Spielberg）接手这一项目时（在巴里·莱文森之前，斯皮尔伯格是导演的候选人之一），我们讨论道，查理的个性可以类比于孤独症患者，"罗恩·巴斯说，"我们把这部影片看成两个相似的兄弟之间的故事。其中一个患有临床意义上的孤独症，而另一个虽是个所谓的正常人，却具有孤独症的一切特征。《雨人》是个具有普遍意义的故事，讲的是人类的沟通多么难，又多么有必要。我们告诉自己：'我们没有沟通也能活，没有它会更好，躲在戒备心理之后更安全、更妥帖。'但我们错了。"

要理解查理和雷蒙的心理，我们最好观察四个能够定义内在性格的心理学上的关键领域。它们是：内在幕后故事、无意识、性格类型和反常心理。这对创造任何人物都是极端重要的。

本章中的大多数素材可能都是你所熟悉的——无论你是凭直觉还是学过的心理学。理解这些分类是很重要的，但同样重要的是：记住，人物不仅仅有心理。他们的构建并非基于临床观察而是基于想象。熟悉这些领域可以帮助你照亮人物，解决人物问题，增加维度并得出答案。我的人物会那么做、那么说、那么反应吗？

4.1 内在幕后故事如何定义人物？

在第 3 章中，我们观察了外在的环境，包括往事，对人物的影响。人们内化这些事件的方式也同等重要。这种内化的方式——有时是压抑，有时是重新定义，都是基于它们对生活或消极或积极的影响。通常，定义人物心理特征的不是某一特定环境，而是他或她对这一环境的反应。

当西格蒙德·弗洛伊德（Sigmund Freud）形成他的心理学理论时，他发现往事对我们现在的生活有巨大的影响。它们塑造了我们的行动、态度，甚至是恐惧。弗洛伊德把伤痛的往事看成现在的情结和病症的成因，他相信大多数反常行为都是来自我们在这些事件中所经受的压抑。

心理学家卡尔·荣格（Carl Jung）意识到，过去的影响也可能成为积极的健康之源，而非精神疾病的种子。有时，当我们重新发现童年的价值时，我们便重获了精神的健康。

很多创作者都明白童年的影响有助于构建人物。科尔曼·勒克说："当我传授编剧技巧时，心理学中只有一个领域对我是极端重要的，那就是理解过去的孩子。假设心理学中有什么更为重要的东西能运用到写作中，那就是要理解——即使是成熟的成人，在内心中依然有一个'过去的孩子'存在。如果你理解了'过去的孩子'，你就能创造出影响人物的童年经历中的关键性事件。"

在对童年时期的研究中，心理分析学家埃里克·埃里克森（Erik Erikson）发现了一些人们在特定年龄必须面对的关键性问题，它们关乎健康、完整和协调人格的形成。只要这些问题未被解决，它们就会竭力控制一个人的发展——这往往是消极的。

儿童面对的首要的问题之一就是信任。婴儿需要对世界的安全感，安全感始于对父母的信任。如果缺乏这种信任，孩子终生都会不信任他人。

在《雨人》中，我们看到查理的往事中既有积极的也有消极的。罗恩·巴斯说这些早期的影响改变了查理信任他人的能力。

"查理两岁时，他住在一所房子里。父亲是个忙碌而成功的商人，根本不关心他。查理记不得这些，因为两岁的他有慈爱而细心的母亲，还有雨人——他十六七岁的哥哥。哥哥从来没有离开过房子，他宠爱查理，抱他并唱歌给他听。

"但是他们的母亲突然去世了，这对任何两岁的孩子而言都是难以置信的创伤,那些从未和父亲有过温暖、慈爱的关系的孩子更是如此。几乎立刻,家里仅剩的一个爱与慰藉的源泉也被送走了,这是一场催人泪下的分别。'再见,雨人。再见,雨人。'这样我们便设定了一个孩子——仅仅两岁便被剥夺了一切情感支柱。"

查理对这个"雨人"还有着久远而依稀的记忆。当他回家参加父亲的葬礼时,他突然想起了这个特殊的朋友。

查理
我突然想起了一件事。你知道,当你还是个孩子时……你有没有某种……你自己想象的朋友?嗯,我的那个朋友是有名字的,他叫什么来着?雨人。对了,他叫雨人。总之,只要我害怕什么东西,我就会拿毯子裹住自己,雨人就会给我唱歌……按钟点唱歌。现在我又想到他了,我一定是很害怕。上帝啊,已经过去那么久了。

苏珊
他什么时候消失的呢,你的朋友?

查理
我不知道,我猜是长大了以后吧。

如果一个孩子在婴儿时期没有找到信任,他终其一生都会困扰于此。如果后来这个人的生活中的稳定性被改变,信任的问题就会再度浮现。

当写作《迷雾森林十八年》时,安娜·汉密尔顿·费伦感到自己需要对强迫行为多做些了解,因为戴安·福西的很多行为似乎是强迫性的。她请教了心理学家。心理学家问道:"她十一岁时去过哪里?那时她在干什么?"当安娜进一步研究戴安的传记时,她发现戴安的母亲那时改嫁了,这改变了这个孩子对世界的信任能力。"戴安在十一岁时被抛弃了。我觉得这就是她第一次离开人们独处的时候。她一个人在厨房里吃饭。我觉得她被赶出了卧室，远离母亲和继父。从那时起，她学会了孤独，学会了不再信任人类。她觉得和动物在一起比和人类在一起更令她感到安慰。她永远都不信任人类，到死都不信。"

如果在童年早期没有安全感、爱和信任，儿童就会经历一种支柱的缺失和自我信念的缺乏。在家庭中，挑剔就会取代爱。当儿童上学以后，他们可能会挑剔自我，变得呆板、谨小慎微和循规蹈矩，也可能会感到害羞，变得目中无人和睚眦必报，这种愤怒会向内（"我一无是处"）或向外（"我恨你"）转化。

缺乏自重和自信会影响身份的问题。如果孩子经常受到批评，他们的身份就由父母的看法而形成，而非由他们真正是谁而形成。身份问题在中学里特别突出，此时青少年正准备进入成人生活并做出成人的决定。

许多青少年影片都着眼于身份问题，《危险的行业》(*Risky Business*)、《空手道少年》、《早餐俱乐部》和《红粉佳人》(*Pretty in Pink*) 讲述的都是年轻人试图发现自我的想法、感情，却发现它们与父母或传统（保守）社会的价值观和想法相对。

埃里克森说，具有健康背景的儿童更有可能独立自主。如果反之也成立，那么一个害怕遭到批评或拒绝的孩子（进而是成人）就会在做决定上缺乏自主。

在《雨人》中，关键的问题在于接下来的岁月里查理渴望着父亲的关怀。早年间的查理是"谨小慎微"的，他一直为了赢得父亲的爱而取悦父亲。

罗恩·巴斯说："父亲把雷蒙这个反常的孩子当成一个不值得正常对待的怪胎，把他锁起来。但他对待正常的孩子也是一样。查理无论做什么都不够好，他无法做到完美。由于这个父亲有一个不完美的长子，那么，次子就必须处处完美才能填补他生命的缺憾。然而，次子也不是完美的。

没错，他很棒——他的成绩很好，长得也英俊，但这还不够。查理不可能够好，因为父亲觉得这个世界亏欠了他某种完美。

"我认为查理年轻时根本不是个逆子。他本能地感到自己是如此需要父亲的爱与关怀。父亲给他的爱越少，查理渴求的越多。所以我觉得查理的童年是在惩罚自己、为父亲而完美中度过的。但是他从来都不够好。"

查理十六岁时，他曾经叛逆过一次——他想测试一下即使他"坏"，父亲是否还爱他。查理和女友苏珊讨论过这件事。

查理
给你说个故事，就说一个。你知道那辆敞篷汽车吗？那是他的心肝宝贝。还有那该死的玫瑰花。那车对我遥不可及。他说那是辆经典的车，需要得到尊重，不是小孩能开的。我那时十六岁，上十年级。有一次，我把成绩单带回家，上面是全优。我问爸爸能不能带朋友坐坐那辆别克车？就算是胜利游行。他说不行。但是我还是去了。我偷了钥匙溜出去了。

苏珊
为什么？为什么要在那时呢？

查理
因为那是我应得的。我得干点美妙的事——用他的话说。但他永远觉得我还不够好。我们往湖边开——四个小孩，四箱啤酒。可我们被拦下了。他不说儿子未经许可开走了车，竟然报警说车被偷了。他就说是……被偷了。（不解地）我们被关进了县监狱，其他孩子的父亲很快就把他们保释出去了。而他却把我丢在那儿……两天。周围不是喝醉酒呕吐的就是精神病，还有人要强奸我。我这辈子就那一次……我吓得尿裤子，心跳破了胸膛，喘不过气来，胆都吓破了。有个人用刀子捅伤我的后背，就……

苏珊
……你肩膀边上的那道伤疤。

查理
我离开了家，再也没有回去。

通过这个事件，查理了解了真相——他的父亲并不爱他。

罗恩解释道："因此，他拒绝承认父亲并刻意和他一刀两断。十六岁是他生命的中心时刻——他永远地走出了父亲的生活，而且为了这个，他放弃了曾经努力追求的一切——比如上大学。查理是个开朗的人，换在别处，他可能会成为一个年轻的雅皮士经理。可是他却必须反叛并反击父亲。查理不想让父亲高兴，所以拒绝父亲所认同所期望的那种成功。在反叛父亲的过程中，他也毁掉了自己的生活。

"如果你是个开朗的人，希望过上更好的生活，你会怎么跟自己说？你的父亲事业成功，是个百万富翁，而你已经花了十六年去追求。恐怕你不会总是想着反叛。一直以来，你都希望有所成就，希望父亲为你自豪。你不会用刻意毁掉自己生活的方式去伤害你的父亲——人们不会想到这一层。相反，你会说：'我的父亲是个傻瓜，我觉得我这辈子的追求都是肤浅的、物质的、虚假的。谁需要按部就班地走向成功啊？我比我父亲更强，我会比他完成得更快、更容易、更节省。我要出去自食其力。我能行的！'

"这就是他要做的，也就是在此时他变成了一个骗子。他很聪明，他从事的汽车买卖可能只是那些往事的延续而已。他没有身处贫民窟，也没有破产。他太聪明了，以至于即使做错了，他也有能力取得一定的成功。但其实查理是一个希望失败的人。在头脑的另一面，他一直相信父亲是正确的。表面上他恨父亲，而在内心深处他知道父亲是正确的。如果父亲说他是个失败者，他就真是个失败者。"

童年中对信任的缺乏阻止了查理·巴比特，使他成年之后没有能力去爱。

埃里克森认为人在成年时期需要解决亲密与疏远对抗的问题。要学会让彼此密切联系在一起，婚姻、友谊、共通才成为可能。如果这些问题没有被解决，误解、怀疑、内疚都会介入爱情，阻止潜在的关系发展为亲密的关系。

"查理和苏珊的爱情是非承诺性的，"罗恩·巴斯补充说，"他不用担心伤害她，因为她应付得了。她不需要他娶她，她很酷。她有能力离开他，他也有能力离开她。这是真正的查理·巴比特式的关系——不要求承诺，也不要求任何真实的东西。他微笑，他有魅力，他使她相信他关心她，这就够了。但雷蒙却不一样。两个月前，查理失去了苏珊，可他却并不想她。上路之后，一些变化开始发生在他身上。他变了，他意识到自己失去了一个很好的女人，意识到自己多么不想失去她。于是他给她打电话。她被感动了，因为她从来没见过这样的他。"

正是查理的转变使过去对他产生了积极的影响，他和哥哥重新建立了联系。影片中最美的惊喜之一是查理发现雷蒙就是他童年的玩伴，发现他们彼此之间曾经有健康的情感纽带。

事实上，转变就是故事要讲的东西。罗恩说："希望在于，当你走出影院，你会感到查理有能力去爱苏珊，爱其他人了。他们会生孩子，会融入世界，会去关心其他人。通过和哥哥相处，查理已经了解了自己。"

如果查理的这些问题没有得到解决，他可能会遭遇另一个危机——埃里克森称之为"生产与停滞"（generativity versus stagnation）。当一个人没有在他或她的父母身边长大，这就会发生。有时这会变成中年危机。人们必须面对"生活进展如何，成就如何"这一问题。

当一个人到了四十岁、五十岁或者更大的岁数，还会有另一个危机，即"生产与停滞"的危机。这一危机不仅是成就和职业贡献上的，而且是价值意义上的。此时人们要面对的是"生活有无意义，有无深度的"问题。如果这一问题未被解决，就会导致绝望、酗酒、沮丧甚至是自杀。《大审判》(*The Verdict*) 和《谁陷害了兔子罗杰》(*Who Framed Roger Rabbit*) 尽管在类型上差别很大，却讲述的都是"解决过去的问题，面对现在的危机，并最终学会参与和关心"。

练习：想象你要写一个关于查理·巴比特未来的故事。把故事设定为他遭遇了中年危机——他四十岁了，可还是一无所成，因为他无意识中感到父亲关于他没有能力成功的判断是正确的。那时的他是什么样的？他会做什么作为补偿？

查理六十岁会是什么样的？还在寻找人生的意义？还被父亲所控制？他将怎么表达自己的绝望？

如果他在这些阶段解决了中年危机，他又会是什么样的？你认为在续集的未来里，他和哥哥的关系又会如何？

4.2 无意识如何决定人物？

很多心理学家相信，人类心智中的清醒意识只占到百分之十。而促使和驱动我们的大多是无意识，其中包括感情、记忆、经验和印象，这些东西自我们出生起就在我们的心灵里留下了烙印。这些因素尽管经常由否定联想所压抑，却驱动着我们的行为，使我们按照与我们的意识信念体系相对应、与我们对自身认识的相对应的方式去行动。

我们都曾和某些自以为了解他们自身的人谈过话。当我们听他们讲话时，我们却感到他们对自身的印象和我们对他们的印象颇不相同。一个女人可能告诉我们说她是个很开放的人，而事实是她非常具有自我保护意识。一个男人可能举止文雅，可后来却露出暴力的本性，自己却全无意识。某些这样的人可能是被无意识力量、控制欲、恶毒或残忍所驱使的。

人们通常很少知道无意识力量怎样影响他们的行为。这些消极的因素经常被拒斥或合理化了。心理学家把这称为"阴影"或"个性的阴暗面"。

我们在新闻中见过不少无意识阴影在人们的生活中起效的例子。"道德家"吉米·斯瓦格特[①]因"拒绝性欲"而没落。以"法律与秩序"著称的美国前总统尼克松也因在任期内的非法行为而倒台。

在无意识的这些阴暗面中，我们可以找到暴怒、性欲、沮丧等，或是另一种意义上的七宗死罪——饕餮、贪婪、懒惰、淫欲、傲慢、嫉妒和暴怒。

这些无意识力量在受到压抑或排斥时，它们会获得更大的能量。如果置之不理，它们就会驱使人们做出与意志相反的事，说出与意志相反的话。而如果压抑它们，人们陷入麻烦的潜在可能性就更大。

有时，创作者们会决定探索这些阴影，巴里·莫罗说："我在电视电影《比尔》（*Bill*）和《比尔靠自己》（*Bill on His Own*）这两个故事中探索了人类的积极方面。在《雨人》中我想做的事恰恰相反——探索人类动机中的阴暗面，诸如贪婪、功利、短视和浮躁。查理就是我的阴暗面，也是每个人的阴暗面。我觉得，即使特蕾莎修女也曾发过怒。我打赌，即使教皇也会对点头哈腰感到不耐烦。我知道，每个人都既好又坏，既光明又黑暗。在他们身上存在阴阳两面。《比尔》讲的东西是光明和希望，《雨人》讲的东西相反。"

探索阴暗面并不意味着你的故事要以消极的注解结尾。"我挑战了自我，"巴里说，"我相信故事可以用同样的方式结束——人们获得沟通、

[①] 吉米·斯瓦格特（Jimmy Swaggart），美国知名牧师、布道者，曾卷入嫖娼丑闻。——编者注

修补过去的生活、扬弃痛苦并继续前行。"

查理并未看出，他的行动和行为在很大程度上是由自己对父亲的爱和赞同的需要驱动的。按照罗恩·巴斯的说法："查理需要独立，他要以此保护自己不受遭到拒绝的伤害。他渴望父亲的爱，他知道自己得不到，他知道父亲是正确的，他知道自己将会失败——就是这些驱动了他。在我们的生活中，最大的问题在于，我们总是不断地重做，希望下一次会不同，希望下一次能做对。查理最大的目标就是证明父亲是错误的，而在内心深处，他却一直在证明父亲是正确的。他本可以通过成功证明父亲错了，用他的话说是'不靠他的帮助和指导'，成功可以证明他不需要父亲的爱。"

无意识通过行为、姿态和语言等形式显现在人们的性格中。所有这些潜在的动力和意义都是人物所不知道的，然而却影响到他们的作为和话语。

4.3 个性差异如何创造人物？

尽管作为人类这一物种我们都是一样的，但作为人，我们又各不相同。我们每个人都以不同的方式体验着生活，并对生活有着千差万别的观点和理解。

几个世纪以来，对人物类型的理解帮助作家们对人物进行粗线条刻画。

在中世纪和文艺复兴时期，作家们相信肉体可以被分成四种元素，或称之为体液，正如物理世界可以被分为土、气、火、水四种元素一样，这些体液包括黑胆汁、血液、黄胆汁和黏液。

被黑胆汁控制的个性是抑郁质的——多虑、敏感、造作、保守。哈姆雷特那种阴郁的优柔寡断以及《皆大欢喜》(As You Like It) 中贾奎斯的那种沉思就是抑郁质的例子。

被血液支配的个性会是热情的——仁慈、快乐、多情。法尔斯塔夫①就符合这种气质。

胆汁质的个性由黄胆汁支配，易怒、顽固、缺乏耐性、报复心强。奥赛罗的嫉妒和李尔王的轻率是胆汁型个性的极端例子。

黏液质的个性是沉着、冷静、含蓄、坚韧的，例如《哈姆雷特》中的霍拉旭。

完美的性格是四种体液达到平衡的结果。反之，严重的不平衡就会导致失调和疯狂。

《尤利乌斯·恺撒》（Julius Caesar）中的布鲁图斯是四种体液达到完美平衡的例子。马克·安东尼称他为"罗马人中最高贵的一个"。

> ……交织在他身上的各种美德，可以使造物肃然起立，向全世界宣告："这是一条汉子！"

伊恩·弗莱明在《八爪女》里更新了这四种元素并运用于对醉汉的描写中："多血型的醉汉癫狂而愚蠢地快乐着；黏液型的醉汉陷入一片阴沉沉的沼泽；胆汁型的醉汉是好斗的、漫画式的，因为打人毁物，他大半辈子都在监狱里度过；而抑郁型的醉汉则自怨自艾、涕泪涟涟。"②

莎士比亚对人物关系很感兴趣。有些类型的人因为对世界有一致的看法而相处得很好，另一些类型的人就会制造出冲突。例如，追求雷厉风行的胆汁型人就会被追求深思熟虑的抑郁型人逼疯，多血型人也会为身边尽是黏液型人而沮丧不已。

在最近的一百年间，出现了很多对个性类型的再度阐释。作为一个作

---

① 莎士比亚笔下的最生动有趣的一个喜剧人物，曾经出现在《亨利四世》（Henry IV）和《温莎的风流娘儿们》（The Merry Wives of Windsor）中。——译者注
② 伊恩·弗莱明，《八爪女》（Octopussy），纽约：新美国图书馆（New York: New American Library），1962年版，第13页。

家，熟悉这些理论有助于你区分人物并强化人物间的冲突。

卡尔·荣格认为，大多数人同时具有外向性和内向性。爱社交的外向型人着眼于外部世界，而内向型人则着眼于内在现实。外向型人在群众场合感到很自在，容易与他人建立联系，喜欢派对和人群。而内向型人则是孤独者，追求单独的活动，例如阅读和冥想，他们更喜欢审视内心而非成为别人生活的焦点。

在剧情中和现实生活中，大多数的人物都是外向型的。外向型人在影片中产生戏剧性动作[1]，提供冲突和戏剧性。他们是被外界所指引的人，良好地执行自己的职责并和生活有着积极的互动。但是《雨人》却证明了内向型人也可以成为有力的人物，如果把他们和一个较为外向的人配对，也能产生戏剧性动作。

罗恩·巴斯说："雷蒙当然是最内向的人。他是个典型的孤独症患者，甚至连人和树乃至无生命物体的区别也搞不清。他不理解人就是人。

"查理是个披着外向型外衣的内向型人。查理在人群中感到很自在，因为他觉得自己能应付得了。他漂亮，有魅力，但我不觉得他在人群中能得到真正的快乐和趣味。在他的眼神背后，他一直在琢磨'他们想要我干什么'，他从未跟别人分享过自己的真情实感，由此说来，他也是个孤独者。他把自己的愤怒隔离开来。表面上，他是个健谈、进取、负责的人，但就是不能分享自己的真情实感。他既对别人掩饰，也对自己掩饰。"

卡尔·荣格在外向型和内向型之上又加入四个类别以深化对个性类型的理解，它们是感官型、思考型、感受型和直觉型。

感官型人通过感觉体验生活。他们使自我与物理环境如颜色、气味、形状和味道相协调。他们倾向于活在现在，对周围的事物反应灵敏。很多感官型人会成为好的厨师、建筑师、医生和摄影师，乃至任何依凭感官的职业。詹姆斯·邦德也可以被看作感官型人——他喜欢享乐、开快车、

---

[1] 戏剧性动作（action），这里的 action 不仅指人物的肢体表演，而且指人物的行为和因此引发的情节。——编者注

体力活动和漂亮女人。

　　思考型人恰恰相反。他们会思考情况，找出问题，控制局面，并提出答案。他们基于原则而非感情做出决定。他们是理性的、客观的、有条理的。思考型人可以成为好的管理者、工程师、机械师、经理人。具有很强思考能力的人物包括佩里·梅森[①]、杰西卡·弗莱彻[②]、麦吉弗[③]和《危险的关系》中的侯爵夫人。

　　感受型人对他人很友善。他们体贴、热心、有同情心。他们经常敞开心扉，表露感情。教师、社工和护士经常是感受型的。在电影和小说中，这种类型的人物有《危险的关系》中的德·都尔薇夫人、《越战创伤》（Casualties of War）中的一等兵埃里克森和《上班女郎》中的特丝·麦吉尔。

　　直觉型人对未来的可能性抱有兴趣。他们是富于新观念、新主意、新想法的梦想家。他们心怀预感，摆弄直觉，活在对未来的期待中。直觉型人经常是满脑子想法的企业家、发明家和艺术家。某些银行劫匪和赌徒也是直觉型人，他们总是想在财富上碰运气。《星球大战》（Star Wars）中的欧比-旺·肯诺比就是直觉型人——他对自然中不可见的力量有所认识。《干杯酒吧》（Cheers）中的山姆也是个直觉型的人——他总感觉自己对任何女人都能魅力无穷。就连《华尔街》（Wall Street）中的戈登·盖科在计划和安排时似乎也很有直觉。

　　这些机能都不是单独存在的。大多数人都有两个支配性的机能和两个次等的机能（有时被称为"阴影机能"）。大多数人——大多数人物——都倾向于通过感官和直觉从周围的世界中获得信息，并倾向于通过思考和感受处理信息。

[①] 佩里·梅森，电视剧《梅森探案集》（Perry Mason）中的人物，职业为辩护律师。——译者注
[②] 杰西卡·弗莱彻，电视剧《女作家与谋杀案》（Murder, She Wrote）中的人物，职业为悬念小说作家。——译者注
[③] 麦吉弗，电视剧《百战天龙》（MacGyver）中的人物，经常凭智慧化解危机。——译者注

"查理既是思考型的，也是直觉型的，"罗恩·巴斯说，"他可能是那些既凭过去又凭未来生活的人中的一员。尽管他似乎有时依据快乐主义生活，但实际上他却被过去的幽灵所驱使，他梦想自己能够撞上头彩，一朝致富。我不太肯定他是个及时行乐的人。"

理解这些类型对创造观点和行动各异的人物是很有用的，你如此便能创造出有力的人物关系。

对立往往在人与人之间制造出最激烈的冲突。感官型侦探可能难于和凭直觉而非依据可靠证据行事的直觉型侦探合作。思考型人也可能不喜欢那些多愁善感、忽略实际的感受型人。

还有些人会崇拜那些指明他们的弱点的人。如果人们弱于直觉，他们可能会寻求一个直觉上的导师来替自己掌管直觉。如果他们弱于思考，他们可能会寻求一个有主意的人。没感情的人会找一个激情的道德宣讲家替他们背负感情。弱于感官的女人易受讨女人喜欢的男人诱惑，也容易坠入热烈的恋情。

依据你希望讲述的故事，你会发现别的方式在定义人物类型上也很有帮助。在《心中的英雄》（*The Hero Within*）这本书中，卡萝尔·皮尔逊（Carol Pearson）把与我们相处的人描述为"六个大类型"，即孤儿、纯真者、流浪者、殉道者、勇士和魔术师。马克·盖尔宗（Mark Gerzon）在《英雄的选择》（*A Choice of Heroes*）中论述了男性人物的几种类型，如战士、边远居民、养育者等。简·筱田·博伦（Jean Shinoda Bolen）在《每个女人心中的女神》（*Goddesses in Every Woman*）和《每个男人心中的男神》（*Gods in Every Man*）中，使用女神和男神的形象帮助对人性的理解。所有这些书都有助于拓展对个体性格和性格差异的理解。

练习：写作是一种探索内在的行动。本书中访问的很多创作者都认为每个人物在某种程度上具有他们自身的面貌。想想你自己的类型——思考型、直觉型、感官型还是感受型。如果你是思考型的，那就想象一下作为直觉型的人是什么样的感受。对所有这些品质的强调怎样改变你的个性？再想想你的熟人。你觉得他们是什么性格类型？他们为何与你不同？

4.4 反常行为如何定义人物？

你肯定知道那句老话："我们都有点疯，但你比我更疯"。大多数心理学家认为正常和反常之间的界限并不是很清晰。

如果你在写一个关于反常个性的剧本，不管是精神分裂、躁郁症、妄想症还是心理变态，你都需要对这些个性失调的复杂状态进行大量的特别研究。

为了创造雷蒙·巴比特这个人物，巴里·莫罗需要对孤独症的特征、孤独症天才以及智力发育迟缓做些了解。巴里叙述自己是如何对孤独症天才发生兴趣的："每年我都到智力迟缓公民协会做些义务工作。有个下午，我们正在休息。我感到有人在拍我的肩膀，我一回头，发现有个人的鼻子几乎贴上了我的鼻子——那就是雨人。他的真名叫金。他昂着头，带着古怪的表情对我说：'想想吧，巴里·莫罗。'我退后一步，也昂起自己的头，想着他说的话。他就像个禅宗大师似的，自有一派风度。幸运的是，他的父亲恰好出现，解释了这一切。他把我介绍给金，并且告诉我，金见到我很兴奋，所以话也说不清楚了。他真正想说的是：'我在想你，巴里·莫罗。'他把头扭过去，发出呻吟的声音，很快地拍着手，嘴里念着一些名字。

"我被他搞糊涂了。突然我觉得有个名字很耳熟，接着又是一个。我这才意识到，他是在依次背诵我的两部影片《比尔》和《比尔靠自己》中的演职员表。然后他又开始背诵数字。他说得太快了，让人听不出其中的意思来。金的父亲叫他慢一点，告诉他说我听不懂。他慢了下来，我意识到他是在不断地重复我最近八到十年间的电话号码。他的父亲说他把记忆电话号码当成癖好——他已经记了几千个。他通常只记黄页簿上的号码，我的号码对他而言只是个例外。他有过目不忘的本事。我问得越多，就越感到吃惊——这个人身上令人惊叹的方面似乎是没有止境的。我逃回家中，脑子里想的全是他。我觉得自己遇到了世上最非凡的一个生灵，而且感到受宠若惊。"

尽管金是雷蒙的原型，但据罗恩·巴斯说，达斯汀·霍夫曼（Dustin Hoffman）为了饰演雷蒙，选择了另一个原型。

"为了给孤独症个性进行分类，达斯汀做了大量的工作。他以一个特定的人作为自己角色的原型。这个人有个兄弟——他没有孤独症，但可以模仿自己患有孤独症的兄弟。我们和他一起坐了很长时间。从他身上我们找到了孤独症患者的节奏。我需要知道他做事的方式有多么离奇。而且，孤独症患者——不知为何——并非令人不快，相反却很迷人。我们运用了一个叫'列出个人伤害列表'的概念——这很普遍，在某种程度上，我们都这么做。对我个人而言，它很有效。我们加入了一些孤独症患者的行为——你可以加入令人讨厌和反感的行为，也可以加入可爱的行为。在一部只有两小时长的电影里，我们宁愿只加那些迷人的、有趣的而非令人不快的东西。"

理解反常行为对写作这类人物而言是不可或缺的。而且，一些关于反常行为的知识对写作正常人物也是很有帮助的。我们所有人都在内心深处具有这些因素。赋予你的正常人物一些此类特性会增加冲突和趣味。

澳大利亚编剧大卫·威廉森［David Williamson，作品包括《加里波利》(*Gallipoli*)、《法尔·拉普》(*Phar Lap*)］拥有心理学硕士学位。他发现，按照临床反常个性模型思考人物是很有帮助的。尽管他并不将模型用于创造人物，但他还是经常在修改阶段回到这些模型上去，并把他的人物稍稍推离正常轨道以创造更多的戏剧性和趣味。

临床心理学确认，很多个性或气质类型阻碍了人的心理功能。威廉森把它们列在下面这个图表中：

外向型

| 狂躁 | 妄想 | 变态或反社会 |

正常行为界限————————————————————————

| 抑郁 | 分裂 | 焦虑神经质 |

内向型

使用这些个性类型，具有反常个性的人物就不会完全落入一种类别之中。人物可以在狂躁和抑郁之间波动，也可以在妄想和分裂之间波动。你可以基于这些类别进行粗线条刻画并延续到创造正常人物中去，并同时在人物之间创造出强烈的互相作用。

狂躁型人觉得自己无所不能。他们表现得非常乐观，展示出某种情感上的欢快。由于高度兴奋和经常好交际，狂躁型人容易在情感上爆发，可能会是轻率而唠叨的。他们的注意力维持得很短，极容易感到厌倦。更有甚者，他们在追求自己目的时极少经过考虑，因此倾向于无视他人。

具有某些狂躁品质的正常人物可能是工作狂，被成功的渴望所驱使。他们也可能被贪婪所驱使（例如《华尔街》中的戈登·盖科）；或者相信万事都会顺利，相信自己能创出一番新天地〔例如《蚊子海岸》（*The Mosquito Coast*）中的阿利〕，或者确信自己无所不能（例如《超人》中的那几个反派）。

查理·巴比特经常有点狂躁。罗恩·巴斯说："查理非常狂热。他很警惕，很会自控，这是为了防止自己陷入真正的沮丧。我觉得查理不是个无所事事、闷闷不乐的人。"

抑郁型人则正好相反。他们倾向于保存自己的情感能量。他们受制于黑色的心绪，感到菲薄而自卑。有些人有疑心病的倾向，即使自己没错也会自责。有些人物可算是正常，但也具有不少这一类型的品质，例如哈姆雷特、《致命武器》中的马丁·瑞格斯、戏剧《奇怪的雪》〔*Strange Snow*，后来被改编成电影《折刀》（*Jackknife*）〕中的大卫。

分裂型人物在不少成功的影片中出现过，例如《我从未承诺给你一座玫瑰园》、《大卫和丽莎》以及电视电影《诺言》（Promise）等。分裂型人倾向于害羞、自我意识强、过分敏感、容易尴尬。他们以避免公开冲突的方式保护自我。他们隐忍、愠怒，通常不擅沟通。《杀死一只知更鸟》中的阿瑟·拉德利（绰号"布"）可以被看作分裂型人的边界线。而《意外的旅客》（The Accidental Tourist）中的麦孔为儿子的死悲痛不已，据此可以把他看作具有某些分裂性格的正常人。

妄想型人相信人们要加害他们。因此，他们具有好斗的倾向。他们希望成为领袖，拥有超过他人的权力和声望。他们固执武断、争强好胜、刚愎自用、戒备心强、喜欢自夸。他们经常满怀毫无来由的嫉妒，对任何个人批评都很敏感，容易被冒犯，并相信自己与众不同。在很多查尔斯·布朗森和西尔维斯特·史泰龙的影片中，人物显现出这类的品质。

焦虑神经质型人对凡事都感到忧虑和恐慌。他们对个人安全、恐怖袭击、温室效应、臭氧层、酸雨、强奸乃至生活中的一般事实都感到担心。对他们而言，到处都埋藏着祸端。很多观众最喜欢的焦虑神经质型人物是伍迪·艾伦，例如《汉娜姐妹》（Hannah and Her Sisters）、《安妮·霍尔》（Annie Hall）、《变色龙》（Zelig）等影片。

迷恋型或强迫型人物也是神经质的。《致命诱惑》中亚历克丝对不情愿的丹的那种迷恋以及《雨人》中雷蒙·巴比特每天必看《人民法庭》（People's Court）的那种强迫症都是这类行为驱动人物的例子。

我们在影片中，在每天的报纸上见过不少反社会型或变态型（心理不平衡）人物。他们经常是故事里的坏蛋，是"死硬的罪犯"。没有道德中心的人会是不知恐惧、不值得信任、自私自利、唯我独尊并且对他人毫无同情心的。作为对立人物，反社会型人或变态型人会不惜一切阻止主角的良好意图。

这些人物不会改变。如果你决定让某个人物成为反社会型或变态型，要记住即使到影片的结尾，他们也不能成为正常的、协调的个体。

在这当中，最著名的当数爱德华·G. 罗宾逊（Edward G. Robinson）和詹姆斯·卡格尼（James Cagney）的影片。《白热》（White Heat）、《小恺撒》（Little Caesar）、《疤面煞星》（Scarface）等都是着眼于反社会型人物的影片。《教父》（The Godfather）、《手忙脚乱》（Helter Skelter）和《邦妮和克莱德》等影片中也有反社会型人物。

戏剧性和冲突可以来自这些人物间的关系。妄想型人需要有人迫害，并会把狂躁型人的好斗视为威胁。狂躁型人会觉得抑郁型人缺乏活力、令人沮丧。变态型人也对焦虑神经质型人的眼泪全无理解。

如果你正在写作反常人物，那么你可能会需要做些辅助的心理学研究。阅读医学刊物和心理学书籍、和心理学家交谈、观察患有反常个性失调的人并和他们交往，可能都有帮助。

尽管素材可能是临床意义上的，但考虑给你的人物一些反常倾向可能会增加戏剧性和复杂性。有些作家试图把人物写得太美好、太可爱、太健全，摧毁他们的这些优势会使他们变得有趣。看看这些类别吧，它们会帮助你使人物完满起来，要知道即使美好的人物也有点疯狂。

巴里·莫罗说："不管你有无正式研究过心理学，不管你是通过经验还是通过观察行为学到的它，你都必须研究得够深才能写得出来。为了理解人类行为，你必须找机会多碰碰这个世界，多见见陌生人。"

小说家丹尼斯·林德斯赞同道："成为作家的人无疑都对人物的心理学和社会学怀有兴趣，正如画家最好对色彩有兴趣，否则就做不了好画家一样。作为作家，我们必须对心理学有兴趣。"

詹姆斯·迪尔登补充道："我们写作人物时不用出门学心理学。你可能希望自己对人们如何行事有种认识，但是你学的、你试图去学的任何心理学都是整体上的，而非特别的。你不是来学心理学的，你要干的是创造特定的人物。但愿你已经有了一些心理学上的整体认识，足以供你用来创造人物。我们大家的心理学知识都只是基础水平的。我们不知道什么奇怪的名词用以解释为什么我们这样做、别人那样做，但是我们都知道如果你使一个孩子变得冷酷无情，那么长大了他定会冷酷无情。你不用是天才也能知道怎么回事。这些都是一个人的经验。我觉得这就是最终我要不断认识自己的缘故。如果你认识自己，你也会认识他人。你不会认识他人，除非你认识自己。"

4.5　个案研究:《普通人》

《普通人》是部心理小说，故事讲述一个男孩被哥哥身亡导致的内疚感折磨。这是一部关于自我认同、蜕变与成长的小说。电影的版本由阿尔文·萨金特（Alvin Sargent）执笔，赢得了多项奥斯卡奖。出于本书目的，我们在此仅探讨小说，尽管读者可能希望观看影片以发现心理信息如何被改编到银幕上。

小说家朱迪丝·盖斯特通过自身经历接触到了心理学。进入她的内心便进入人物的核心。

"我在大学里只上了一堂心理学课，但我却收集了很多新闻文章，读了很多心理学的书籍。我没怎么读过荣格的著作，但我觉得荣格理论就是我最认可的理论。

"所以，我对心理学的理解大多是无意识的研究。我就像块海绵，从各个方向吸收各种信息。我并不是经常意识到自己在干什么。但那是一个我感兴趣的题目，我的耳朵、眼睛和手一直在为它忙活。"

朱迪丝对人物心理方面所做的工作包括对他们的行为、他们之间的关系和他们转变的潜力的理解。她给予人物的大多数刻画来自她对人们行为方式的直觉理解。

请注意，当她谈到人物时，她谈的是他们的内心活动。她对他们如何思考、如何看待世界、内在和外在现实的关系而非他们的外在行为更有兴趣。

"对大多数人物，我都要根据内心的感受决定他们的面貌。当我构建伯格这个人物时，我想要创造一个对康拉德（自杀的那个儿子）来说最好的精神病医生。我便想到，这个人是个什么样的人呢？他一定得像那孩子一样聪明，而且很有幽默感，而幽默就是康拉德和世界搏斗的方式。所以我希望这个人不仅用同样的方式应对这个世界，而且将其建设性地用于处理病人。我希望他快乐地看待生活，这不是说他有能力抛开生活的现实，忽视自己对生活的感受。

"贝丝（母亲）就像我认识的很多人一样。我想把她创造成一个受到极大创伤的人物，她处理创伤的唯一方式就是拒绝承认，因此变得越来越远离自己存在的现实。她害怕自己的情感，害怕处理它们。我觉得她从来不敢面对自己的处境，害怕自己会彻底崩溃。这就是她保持自己完整的方式，这让她觉得自己和世上的大多数人没有什么差别。"

某些人物的内心活动是朱迪丝·盖斯特在写作他们的时候发现的。例如，她通过对贝丝更多的观察，改变了对这个人物的态度。"我觉得我刚开始写贝丝的时候，我是恨她的。我为发生在康拉德身上的事责怪她。我写的时间越长，情境对我就越复杂，我就越少去责怪她。她就是她，他也就是他。他学会了淡然处之，而她没有。她无力摆脱这一情境。"

对小说家而言，与人物心理的沟通开启了进入人物头脑的可能性，这就是说，能够让读者知道人物的感受和思考。在卡尔文（父亲）和康拉德身上，朱迪丝选择这么做。而在贝丝身上，她有意识地不这么做。

"我觉得理解康拉德或卡尔文的性格不算是难事，所以我进入了他们的头脑。而对贝丝我选择不，因为我觉得那太难了。事实是，我不理解她的性格。我知道，有人就是这样，他们能够成其为他们有很多理由。但我觉得进入她的头脑并做出描绘对我而言非常困难。"

朱迪丝需要理解人物之间的关系和潜在的转变——他们头脑中发生了什么，怎么变的？我问朱迪丝，她是否认为贝丝是可以改变的。"一定是的。我觉得有很多时机。发生在这个家庭里的，是两个成员做好了准备，而另一个却不肯。而什么时间发生则是你的选择。悬而未决的是准备还是离开，而她选择了离开。

"卡尔文有能力转变，因为他是一个防备心较弱的人。他的防备被康拉德试图自杀的事件冲刷掉了。他的主要决心在于不惜一切确保康拉德不再自杀。卡尔文意识到，康拉德的自杀企图源于他无法对他人讲述自己的感受。如果他不肯成长，那件事就会终生困扰他。卡尔文决不能让这再次发生。

"我真认为康拉德更像他母亲而不是父亲。我觉得，就是这个让他们产生了隔阂。他们都害怕生活，把生活拒之千里。他们都是真正的完美主义者。因此，生活中的这一真正的失败——布克（康拉德的哥哥）溺水并失踪——都不是他们能够承受的。完美主义者也会被内疚感折磨。康拉德就是这样，他觉得那都是自己的错。他回避着母亲，似乎一切都在证明他有罪。我觉得更要紧的是，他们都无力去应对悲痛。他们把悲痛埋葬起来，可它却在到处泄露。当康拉德试图告别生活中的那些毁灭性行为时，他就不能再容忍自己的母亲继续如此了。

"我觉得康拉德处理事情的方式是总是拿它们开玩笑，把它们抛到一边。他遇到斯蒂尔曼（那个运动员）时，他没有直面对方的敌意，只是顶了两句嘴，这不能解决任何问题。对我而言，衡量康拉德精神健康的尺度就是他最终受够了斯蒂尔曼，和后者大打了一架。这是个非常直接的反应。"

《普通人》中的变动在于康拉德和卡尔文向着精神健康转变，向着找到人生意义转变。"在人们生活中，有些东西就是没有意义的，"朱迪丝·盖斯特说，"你可能会发疯似的要找到某件事的意义。康拉德在最后的场景里对伯格说：'你不明白吗，总得是某个人的错，否则怎么说得通呢？'伯格答道：'就是说不通，它就这么发生了。的确，人们会寻找解释，但如果那只是一场可怕悲剧，寻找意义会让你卡住的。'

"卡尔文和康拉德都形成了更坚强的个性。在书的结尾，他们当然都成为更丰富、更深刻的人，彼此之间更密切、更有感情——他们更加关怀别人了。我觉得他们在试图变得更加诚恳。他们开始触及自己的本质，不再挑剔。终于有好事发生了！"

课后实践

运　用

了解人物的内心活动有助于创造更有力、更易理解的人物。开始时，问自己以下的问题：

- 我的人物过去经历过什么创伤并影响到现在的行为？过去有无好的影响使人物现在发生转变？
- 什么无意识力量驱使着我的人物？它们如何影响人物的动机、行动和目标？
- 我描写的主要人物和辅助人物各是什么性格类型？我的人物关系中有无对立和冲突？
- 我是否把人物写得过于美好、平淡、正常了？他们能否有点反常？他们的反常怎样导致和其他人物的冲突？

小　结

人类比分类系统复杂得多。然而，肯定有一些稳定的行为和态度模式支配着人们的心理。鉴于人们都有基本的欲望，他们都是相同的；鉴于人们对生活有着不同的反应，他们又是各不相同的。理解这一点即是创造具有丰富内在和外在生活的立体人物的关键。

第 5 章
创造人物关系

人物极少单独存在,而是存在于关系之中。偶尔,也有些单一人物的故事,例如塞缪尔·贝克特(Samuel Beckett)的《克拉普最后的录音带》(*Krapp's Last Tape*)和史蒂文·斯皮尔伯格的《决斗》(*Duel*)。除此之外,大多数故事都是关于人际互动的。对电影和电视剧而言,人物之间的动力和个体性格品质同等重要。

小说家伦纳德·图尔尼强调了人们的关注点在 20 世纪的变化:"成对的人物在小说和电影中日渐重要起来。无数的故事中都存在搭档关系——警察的搭档、夫妻的组合。这把一种化学反应引入故事,创造出新的人、新的个性、新的东西。当你把两个人或对象放在一起,你就有了新的东西。成对的人物和个体有所不同。这么做并不是有意识的,但成对的人物在一起时,行为是不同的。"

某些成功的电影和电视剧都由两个明星而非一个来主演。关系式电视剧的部分名单中包括《干杯酒吧》、《凯特与阿莱》(*Kate and Allie*)、《蓝色月光》、《莫克与明蒂》(*Mork and Mindy*)、《警界双雄》(*Starsky and Hutch*)、《警花拍档》(*Cagney and Lacey*)、《斯蒂尔传奇》(*Remington Steele*)。很多成功的电影也强调人物关系,例如《非洲女王号》(*The*

African Queen)、《虎豹小霸王》(*Butch Cassidy and the Sundance Kid*)、《亚当的肋骨》(*Adam's Rib*)、《48 小时》、《致命武器》和《雨人》。

关系式的故事强调人物之间的化学反应。个体人物的创造着眼于对品质的选择，以便在人物关系中提供最多的"火花"。大多数火花都来自以下元素的组合。

- 人物的共同点，即人物之间的吸引力，拉近他们的距离并使他们密不可分。
- 人物间的冲突威胁到他们的关系，并可能使他们分离，这为剧本提供了戏剧性（有时是喜剧性）。
- 人物具有对立的品质或成为对手。通过编排，这可以创造新的冲突并加强人物。
- 人物有向彼此（或好或坏地）转化的潜力。

5.1 如何在吸引和冲突之间取得平衡？

对几乎所有的虚构型写作而言，冲突都是不可或缺的。大多数故事都必须依赖冲突才能得到张力、兴趣和戏剧性。很多故事同时也是爱情故事，描绘人们之间的互相吸引。相应地，在电影和小说中，我们很容易发现冲突和吸引之间的平衡。故事开始时的冲突在结尾得到解决，并通常产生一个大团圆结局。

但在电视剧中，问题比较特别。一部系列剧通常会延续五到十年，并不断地推迟剧中关系的结局。假如吸引克服了冲突，人物就会过早地结合，剧集就失去了火花。而假如冲突太多、吸引太少，人物就会彼此厌恶，观众就会离开。这更加麻烦，因为使人物分离是颇不寻常的。对那些依赖于人物间相互兴趣的电视剧而言更是如此。在吸引和冲突间取得平衡是对制片人和编剧的一个挑战。

詹姆斯·布罗斯（James Burrows，《干杯酒吧》的联合创剧人）解释他们是如何在全剧一开始处理这一进退两难的局面的："我们这部剧是一部不断进展的剧。批评家们对黛安娜和山姆的进展不感兴趣。我们觉得，如果山姆和黛安娜一直停留在互相戏弄的阶段，那么山姆的性格就体现不出来。你只能暂时让他们分离。显然，如果山姆是个讨女人喜欢的男人，他必定会最终赢得黛安娜，否则他就不是个讨女人喜欢的男人。我们喜欢他们相聚时带给人物的变化，人物间的关系也从中获得了新的阐释，所以我们想再次拆散他们。"

在诸如《妙管家》（Who's the Boss）、《蓝色月光》和《干杯酒吧》等剧中，人物之间的吸引甚至是友谊都是真实的。很明显，他们在很多层次上真诚地喜欢对方。在一次联合访问中，《妙管家》的创剧人马蒂·科汉（Marty Cohan）和布莱克·亨特（Blake Hunter）描述了剧中人安吉拉和托尼之间的共同点："安吉拉和托尼都是保守的人——在看待生活的方式上。他们是很普通的人——看重家人和家庭。他们宁愿坐着看电视、吃爆米花而不愿进城去。他们彼此间有着深深的支持。"

在《蓝色月光》中，玛迪和大卫之间的唇枪舌剑、妙语连珠以及对彼此的幻想都揭示出他们通常没有直接表达的能力。在《这是份好工作》（"It's a Wonderful Job"）那一集的剧本［卡尔·索泰、德布拉·弗兰克（Debra Frank）编剧］里，有一个场景，玛迪失魂落魄地想知道，如果自己两年前就关闭了侦探社，生活会是什么样子。艾伯特是她的守护天使，他把她带入这段经历。大卫正要和谢丽尔·蒂格斯结婚，可他却对玛迪难以忘怀。即使大卫看不出也听不出她是谁，她也对他的思索反唇相讥。

大卫
我在想……玛迪·哈耶斯？这个名字我好久没听到过了。她曾经扇了我一嘴巴，她可真会扇人啊……还有……她戴着眼镜，很有力气。我其实挺仰慕她的。

玛迪

真的吗？

大卫

她温柔体贴。就是那种感觉。我觉得她曾经是个很特别的女孩。

玛迪

哦，大卫。曾经是什么意思？

大卫

也许，我们在一起会相处得不错。

玛迪

我们的确曾经相处得不错啊……你不记得那些事了？那个DJ，那个钢琴师，我那幅愚蠢的画像？你跟踪我到布宜诺斯艾利斯……我跟踪你到纽约。你怎么能忘呢？你还在车库里吻过我呢。

艾伯特

不，他没有，玛迪。

玛迪

什么？

艾伯特

这些都没发生过。

玛迪

啊？

艾伯特
你一关闭侦探社，它们就不在了。两年的时光就这么远去了。

大卫
啊，这太疯狂了。我竟要把谢丽尔比作一个不认识的女人。

另一种情况是，吸引会成为全剧的着眼点。你可能看过20世纪50年代的爱情故事。其中的人物坠入爱河、结婚生子。但为了用可信的方式将人物分开，编剧便创造出一些阻碍。阻碍通常来自情境，例如工作关系。无论这一关系是搭档（如《蓝色月光》）还是雇主与雇员（如《干杯酒吧》和《妙管家》），阻碍就来自至少一个人物认为把工作和享受混在一起会带来麻烦。

构建阻碍可能是很困难的。它要够弱，这样大量的爱与关怀才能四处奔涌；它又要够强，这样至少一个人物才会认为价值观是不可退让的。在《妙管家》中，人物都有相同的价值观。他们可能彼此吸引，但只要他们和孩子们生活在一个屋檐下，他们就不会睡在一张床上。在《干杯酒吧》中，黛安娜（后来是丽贝卡）对山姆的示爱绝不让步。

这些系列剧一直在玩弄着阻碍。刺激通常就来自对这些界限的玩味，尽管玩弄过度的话，观众会质疑人物的优柔寡断。另一方面，假如没有的话，观众又会质疑两个迷人的人物为何对彼此毫无兴趣。

《蓝色月光》和《干杯酒吧》最终还是越过了线，大卫和玛迪、黛安娜和山姆最终还是同床共枕了。

《妙管家》于1985年播出的第二季就玩弄了这种界限，并重新确认了平衡。

> **安吉拉**
> 什么也不会发生，我们都是成年人了，而且……
>
> **托尼**
> 而且我们这样子挺好。
>
> **安吉拉**
> 没错，尽管我们其他样子也挺好。
>
> **托尼**
> 会很棒的，安吉拉。
>
> **安吉拉**
> 是啊，会的。
>
> **托尼**
> 会不一样的。我不想失去我们已经获得的东西。
>
> **安吉拉**
> 我也不想。

尽管情境是为了分离人物而设定的，但每个人物的特点也发挥作用。安吉拉的优越感使她对要和托尼发展到什么程度感到疑惑。黛安娜的知性主义和势利导致了她不和山姆为伍的信念。玛迪对纠缠的恐惧使她对大卫决不退让。

5.2 人物关系中的反差

反差比其他品质更能定义出一对人物。如果对手彼此真正被对立的性格吸引，那么就会创造出最有力的人物关系。《致命武器》、《48 小时》、

《单身公寓》(*The Odd Couple*)、《杀手无情》(*Shoot to Kill*)、《情人保镖》(*Someone to Watch over Me*)，几乎任何关系型的故事——无论它是关于爱情、合作还是友谊，都包含着对立的人物。

反差能够反映行为和态度。在乔治·加洛（George Gallo）编剧的影片《午夜狂奔》(*Midnight Run*)中，赏金猎人杰克和会计师乔纳森的行为与人生态度都截然相反。他们的反差品质包括职业选择、道德选择、与配偶的关系，甚至是饮食选择。

> 乔纳森
> 动脉硬化这个词你应该不陌生吧？如果你需要，我可以为你列一张均衡食谱。你为什么要吃这个？
>
> 杰克
> 为什么？因为它好吃！
>
> 乔纳森
> 但这对你身体不好。
>
> 杰克
> 这我知道。
>
> 乔纳森
> 你为什么要做对自己不好的事呢？
>
> 杰克
> 因为我不去想那个。
>
> 乔纳森
> 那你就是生活在逃避中。
>
> 杰克
> 这我也知道。

> **乔纳森**
> 这么说你知道对自己不好还要接着做了。这听起来很愚蠢,你不觉得吗,杰克?
>
> **杰克**
> 从吉米·塞拉诺那里偷走1500万才叫愚蠢……
>
> **乔纳森**
> 我没想过会被逮住。
>
> **杰克**
> 这才叫逃避。
>
> **乔纳森**
> 我知道。

有时,人物的种族背景、经济阶层、应对问题的方式也会产生反差。马蒂·科汉和布莱克·亨特这样描述这些戏剧性:"《妙管家》中包含着很多角色的逆转——蓝领和白领、职业女性和家庭主夫的反差就像纽约和康涅狄格以及新教上流社会和意大利人的反差一样。托尼很诚实、直率,有时甚至是生硬的。他脾气很大,容易愤怒。他比安吉拉激动得更快。安吉拉会说'让我们和平相处吧'。她倾向于掩盖事情、控制事情。在某些方面她非常保守,而托尼则会快刀斩乱麻。安吉拉是个谨慎的生意人,她会保持冷静,不会跟客户和上司冲突。托尼就不一样,他不会像安吉拉那样反省自己。他们都是家庭至上的人,但安吉拉在厨房里笨手笨脚,竭力维持母亲的形象——她自己也承认了。托尼是直截了当、严肃的。他对孩子很严格,而安吉拉对孩子更老派、更守旧、更宽容。她更上进,对自己很有抱负,而托尼只对女儿有抱负。所以,反差就存在于抱负、目标以及对孩子的态度上。"

有时，反差是心理上的。在《蓝色月光》中，玛迪和大卫的反差被描写成内在恐惧上和外在性格上的反差。当然，表面上他们是颇为不同的。

卡尔·索泰说："她冰冷，他火热。玛迪对情感抱有幻想，而大卫的情感则是非常直率和表面的。他要冲动得多。他们最害怕的就是和某人坠入爱河并且被曝光。他们处理的方式有所不同。玛迪用夺目的穿着和冰冷的外表保护自我，而大卫则用喋喋不休、花言巧语保护自我。这样，你立刻就得到了两个暗地里有着密切联系的人物，也掌握了他们那种拔河式的关系。

"他们的某些反差是出人意料的。我们曾经写过一集，在其中他们展开了一场关于上帝的讨论。如果基于人物的话，选择是显而易见的——玛迪对上帝怀有严肃而虔诚的信仰，而大卫却对此不敬。但本剧的创始人格伦·卡伦（Glenn Caron）却说：'不，我们要深化他们，要让他们具有恰好相反的态度。'于是他把两人的态度对调了，让大卫虔诚地笃信上帝，而让玛迪成为无神论者。这比之前的想法更奏效——因为它出乎你的意料。

"在他们对同一个客户的反应中，你也能发现差别。在德布拉·弗兰克和我写的一集中，有个女人走进侦探社，声称自己是个妖精。大卫马上就相信了，而玛迪则觉得她是个疯子。他们对生命有着不同的态度。在这一集里，玛迪对大卫说：'你的灵魂中没有诗意，你既粗鲁又没文化。'大卫基本上是这么反驳的：'你对诗歌、画展的感觉全是虚假的，全是形式上的。你对浪漫和诗意的感觉也是假的。你就是那种会为小叮当[①]鼓掌的人。'"

这种反差也延伸到驱动他们的心理中。正是对人物的情感生活、他们的恐惧和弱点的理解使观众进入了人物的心扉，帮助他们透过假面看到了下面的伤害和温柔。

[①] 小叮当（Tinker Bell），童话人物，彼得·潘的伙伴。——译者注

即使在短小的广告中，人物也经常是通过反差得以创造的。有时，这种反差是生理和功能上的。在"巴特斯与杰美斯"牌冰酒器的广告中〔创意人是哈尔·赖尼（Hal Riney）〕，我们见到了两个朴素的农场主——艾德和弗兰克。他们就是用反差的方式得到了描写。弗兰克喋喋不休，而艾德沉默寡言。艾德以头脑精明著称，他比弗兰克更聪明（艾德用了"陈词滥调"这个词，而弗兰克承认自己不知道那是什么意思），富于实验精神。在一则广告中，弗兰克说："艾德着迷于一个科学项目，就是说要检测哪一种食品更适合冰酒器。到目前为止，他发现只有两种食物不适合。一是大头菜——那是甘蓝的一种，二是甜玉米。"① 即使在外形上他们也是有差异的。艾德又高又瘦，而弗兰克是个矮胖子，穿着背带裤，戴着眼镜。

这一系列广告赢得了克里奥奖——广告业的奥斯卡，使"巴特斯与杰美斯"牌成了最畅销的冰酒器。而弗兰克和艾德也成为全国最知名的产品代言人。

5.3 到哪里寻找冲突？

冲突来自人物的反差。把不同的志向、动机、背景、需求、目标、态度和价值观强加于对方就可以产生冲突。

有时，这些冲突是心理上的。最能使人物激怒的品质就来自他们的"压抑面"（甚至是阴影面），这些相对的品质既吸引他们，又让他们反感。

有时，冲突由于缺乏方向而产生。误解会导致冲突。在《干杯酒吧》中，即使是山姆和黛安娜的初吻也充满了冲突。

---

① 参见阿特·克莱纳（Art Kleiner）的《情感营销大师》（"Master of the Sentimental Sell"），载于《纽约时报周刊》（*The New York Times Sunday Magazine*），1986 年 12 月 14 日。

山姆

你不是想要这个吗，黛安娜？

黛安娜

我想要你告诉我，你想要什么。

山姆

我告诉你我想要什么……我想要知道你想要什么。

黛安娜

你还不明白吗？这就是咱们一直以来的问题所在。咱俩都不会说，不会把事情挑明了。

山姆

你说得对。那么，咱们把事情挑明了吧。

黛安娜

好，你先说。

山姆

干吗要我先说？

黛安娜

你看吧，咱俩又来了。

山姆

黛安娜，我只要你跟我解释一件事……你为什么不和德里克在一起了？

黛安娜

因为我喜欢你多一点。

> **山姆**
>
> 真的？好吧，我也喜欢你……比喜欢德里克多一点。
>
> **黛安娜**
>
> 山姆……
>
> **山姆**
>
> 刚刚这五分钟让我觉得，我对我兄弟的一切嫉妒都不算什么了。
>
> **黛安娜**
>
> 哦，山姆，我觉得咱俩之间要有好事发生了，对吗？
>
> **山姆**
>
> 对，对，你说得对。我猜我们应该接吻，对吗？

山姆和黛安娜之间没有任何直截了当的表达，这个吻还要花上七页纸来讨论才会最终成真。

5.4 人物如何改变彼此？

时常能听到执行制片或制片人问："人物有没有变化和发展？"在那些最有力的故事中，一个人物可以给另一个以冲击。

卡尔·索泰说："冰冷的玛迪在大卫的影响下会允许自我放纵。他教会了她温情，她教会了他纪律。玛迪让大卫不那么肤浅了，让他成熟了。而大卫则给予了玛迪一种幽默感。"

在《妙管家》中，安吉拉在托尼的影响下变得平易近人了，而托尼也在安吉拉的支持下获得了更多的信心。照该剧创始人的说法，"托尼今年去上大学了。如果没有遇到安吉拉，这根本不会发生。我觉得安吉拉也开明一点了。她学会了踢掉高跟鞋，学会了放松，她现在是个温情的人了"。

在电视系列剧中，如果人物完全转变了，那么戏剧性也就被毁掉了。因此，改变最好是最低限度的。而在电影和小说中，在故事的结尾，冲突可以被彻底地解决，转变可以是完全的。

《雨人》是个关于两个人互相改变的故事。鉴于雷蒙的情感是很有限的，挑战就在于创造出能在这类故事中发生真实转变的人物。影片运用了我们在本章中提到的一切元素——吸引、冲突、反差和转变。巴里·莫罗解释道："第一个选择在于让他们成为兄弟，这就把他们凝聚在一起。而雷蒙获得遗产又加固了两人的关系。实际上，换了任何别的关系，你都会觉得他们会厌恶彼此。年龄、身高、智力，走路和说话的方式，他们在每个方面都大相径庭。我觉得，吸引和排斥是两股动力，而反差就是其直接原因。转变就在查理厌倦时发生了……他们在车上奔波了六天，比查理能承受的范围超出了两天，就是这两天把他变成了另一个人。

"在影片故事的进展中，有趣的事发生了。雷蒙也以他那独一无二的方式，厌倦了查理丑陋的一面——比如语言这种小事。影片开始时，查理经常咒骂。由于被迫去关怀别人，由于遭遇了意外，查理变得文明了。他去掉了自己粗鲁的锋芒了，变得敏感了。"

练习：仔细考虑你和朋友、恋人、配偶、亲戚的关系。你们的关系中哪些地方符合吸引、冲突、反差和改变的标准？你和他人的关系有没有足够强的动力，能否据此创造出一个故事？

5.5 运用这些元素创造人物

你可以把这些元素——吸引、冲突、反差、转变，运用于爱情、友谊、合作乃至任何类型的人物关系的创造中。

在《警花拍档》中，很多人物间的反差为该剧增添了生命力。其中一些来自对人物的粗线条刻画：

克里丝·卡内	玛丽·贝丝·拉塞
单身、没有孩子	已婚、有孩子
生活以朋友为中心	生活以家庭为中心
被事业支配	被家庭和个人生活支配

有些反差来自对同一事物的不同态度：

代表法律与秩序	代表人道主义，追求人权
主张人流合法化	也主张人流合法化
但自己不相信人流	自己曾做过人流，认为妇女有权选择
反对审查制度	反对色情信息
不愿谴责色情出版物	一直抨击那些贬低女性的图片
反对罢工	决不会越过警戒线

有些反差来自气质和情感上的差异：

觉得亲密关系是件难事，选择独身	和丈夫有着温暖而亲密的关系
容易激动	很有耐心
是个工作狂，饮酒过度	保持着生活中的平衡

请注意，通过这些冲突和反差，人物间的动力将变得多么清晰有力，又存在着多少故事的可能性。只要看看这张列表，你就能发现，当面对人工流产、色情、虐待儿童等问题时，她们之间的互相影响将会产生很多潜在的故事。

为了创造与他人具有动态关系的人物，作家需要思考这四类元素。这对任何类型的故事（小说、戏剧、电影、电视剧）都是行之有效的，而且对于电视系列剧尤为重要。如此才能从人物关系中获得足够的素材，周而复始地创造出新的故事。而且，这种思考对创造辅助人物也是有帮助的，因为他们经常会和主要人物产生互动。

当我受邀为电视剧《百战天龙》的制片和编剧人员开研讨会时，我们就运用了这种思考技巧。我们的目的之一就是拓展其中的一个人物——他在之前曾经出现过，似乎也具有拓展他角色的力量和兴趣。制片人们感到这个人物能为麦吉弗增加其他的维度，部分的原因也是由于麦吉弗最近显得太孤立、太形单影只了。

我们想到的这个人物就是科尔顿。他是个赏金猎人。我们的计划是让他成为麦吉弗的衬托，同时也在剧情过程中使他们发展出友谊。于是饰演科尔顿的演员［理查德·劳森（Richard Lawson）］便加入了我们。

我们使用本章中讨论过的这些概念，想出了这两个人物之间的反差和冲突。列表如下：

麦吉弗	**科尔顿**
熟悉乡村	不适应乡村，熟悉城市
负责	漫不经心、独立
住在船屋上	住在车上（讨厌身处水上，因为他会失控，他会但不喜欢游泳）
孤独	孤独，由于缺乏信任
先思考后行动	先行动后思考
间接、非暴力	相信枪能直接解决问题
内省	健谈、外向
关心过程	关心结果
素食主义者	吃垃圾食品
环保主义者	乱丢垃圾
老练	直率

当我们继续讨论人物时，理解科尔顿的幕后故事就变得重要起来。其中的一部分来自理查德的个人经历，大家都感到这样做很恰当。科尔顿在越南曾经做过海军陆战队的医护兵，理查德也是。理查德描述说，在战争中，人们经常会和医护兵更亲近一些，因为处理伤口的就是他们。人们总是找他们寻求建议、分享恐惧，甚至只是聊聊。当科尔顿离开越南之后，他觉得自己再也不想受到人们的依赖了，于是便成为一个超然的孤独者。

我们又对列表上的想法进行了拓展。科尔顿不喜欢麦吉弗的船——只要不在坚固的陆地上，他就觉得自己要失控。他讨厌麦吉弗的责任感，质疑后者把别人的麻烦背负在自己身上。他对麦吉弗的那条丑陋的狗（从一个去世的朋友处收养来的）怀有特别的敌意。

尽管不是特别喜欢狗，麦吉弗还是对它抱有同情。关于狗的讨论引起了我们的另一场关于人物转变的讨论。我们在分析了人物间的互相影响之后，形成了一张新的列表，它包括四个主要项目：

- 麦吉弗学会了有时也听从自己的心灵和直觉而非头脑。
- 科尔顿学会了耐心，学会了等等再开枪，学会了行动前先思考。
- 麦克接受了科尔顿浪漫的建议，其中有些是很好的建议。
- 科尔顿学会了再次信任他们，学会了团队协作，懂得了有些事不靠别人帮忙是干不成的。

当我们在创作科尔顿这个人物时，我们也发现麦吉弗也开始得到深化了。他的态度、弱点和幕后故事都在与另一个人物的反差中更加清晰了。当然，对编剧们的进一步发展而言，我们的这些想法只是基本的步骤。然而，我们却发现，着眼于辅助人物也会催生关于主角的新想法，并从整体上拓展剧中的人物关系。

人物间的动力越强烈，电视剧就越成功，多年播出的可能性就越大。

5.6 创造三角关系

两个人物通常就形成了一个关系。偶尔，故事也会着眼于三个人的三角关系。这样的关系很有动力，有时会很可怕，但通常也较难创作。它们也适用于上述的那些概念，并添加了其他特定元素。

《致命诱惑》和《广播新闻》都包括了三人关系。通过分析这些影片，我们有可能获得一些对这类关系的认识。

这类影片中的关系也是基于反差构建的。

在《致命诱惑》中，贝丝和亚历克丝是反差的人物。一个快乐，一个抑郁；一个是体贴的妻子，一个是专横的情妇；一个以家庭为重，一个是单身；一个对生活乐观，一个对生活的方向感到绝望和悲观。

《广播新闻》中的汤姆是个漂亮但不太聪明的小伙子。而艾伦则相反，他虽然比较聪明，但对简来说，他显得不那么浪漫。汤姆比较自信，而艾伦比较不可靠。汤姆比较成功，心想事成。而艾伦则在他那短命的目标——成为一个新闻主持人——上遇到了可悲的失败。

在三角关系中，唯一的男性或女性面临着选择。三角关系中的戏剧性既来自决定的困难性，也来自决定所导致的后果。

《致命诱惑》的第一幕着眼于丹的选择。开始，他要选择是否和亚历克丝发生一夜情。在第一幕结束时，他决定不再和她见面。这一决定成为第二幕和第三幕的基础。

在《广播新闻》中，简在汤姆和艾伦之间的选择贯穿于影片始终。故事就是关于这一选择的困难性的。詹姆斯·布鲁克斯说："我想写一个真正的三角关系。对我来说，真正的三角关系绝不是明摆着的。通常，在三角关系中，总有一个比较坏的、有缺点的或者中性的人存在，这就使决定变得容易。我决心不在一开始就决定她最终和哪个男人在一起，我要让故事自行指明。一旦她和其中的一个走近了,我就把她带向另一个。我也不是没设想过让她脚踩两只船,结果就变成这样了。"

编剧的挑战就在于探索选择的困难性以及两种选择各自的潜在吸引力。尽管《致命诱惑》中,丹很早就选择了亚历克丝——无论如何,在第一幕中,她还是个聪明而迷人的女人。她比贝丝更有活力、更有趣,在性方面也更开放。就是这种可能性使丹在第一幕中和亚历克丝保持着关系。但是,丹做出了违反这种可能性的选择,于是亚历克丝决定为她所爱的男人斗争。

选择既不能显而易见,也不能一厢情愿,否则三角关系就会受害。如果选择同时又是道德方面的,动力就会被强化。

在《广播新闻》中,简感到如果她选择了汤姆,自己的诚实就受到了威胁,当她意识到他在捏造新闻故事时更是如此。在《致命诱惑》中,丹始终面临着道德选择:何时向妻子坦白?怎样才对亚历克丝公平?他对这两个女人的责任何在?

最有效的三角关系中,人物都是自愿和故意参与的。

如果某个人物后退,拒绝行动和反应,那么三角关系就会受害。只有存在三方而非两方时,三角关系才有动力,人物才能导致故事的纠葛和转折。

在《致命诱惑》中,丹的选择设定了行动的线索。他的意图(一夜情)似乎很容易理解,但他忽视了亚历克丝。第一夜结束时,亚历克丝想和丹再过一天,并且说服了丹。第二夜后,两人的意图发生了抵触。她要他留下,而他想离开。简单看来,丹似乎占了上风,但他还是忽视了亚历克丝的坚持。她的意图设定了第二幕的事件过程,并且编织了一张丹竭力逃脱的大网。至此,关系的重点似乎在于丹和亚历克丝之间。但是,贝丝也是一个立体的人物,她对这些事件也有自己的想法和反应。在第三幕的开始,当听说丹出轨后,贝丝的意图开始掌握了行动的方向,她强迫丹和亚历克丝了结这段关系。

如果三者中任何一个缺乏意愿，影片就会失效。他们必须各负其责才能产生戏剧性动作。

意愿导致了冲突。

在每一个双人关系中，都存在两个潜在的冲突：关系和两个人对关系的不同观点。在三角关系中，它就变成了六个冲突。

在《致命诱惑》中，在故事的不同阶段，丹和亚历克丝以及贝丝各有冲突，亚历克丝和贝丝也各自和另两人有冲突。在每个人物看来，冲突的实质又都略有差异。亚历克丝想从贝丝手中把丹抢走。贝丝想保住稳定的家庭生活，但自尊又使她无法和这个背叛过自己的男人继续生活。丹想保持现状，但有些东西他已经无能为力了。所有这些冲突都很复杂，而且从每个人物的观点来看又是很容易理解的。由于创作者有能力对每个人物的内在和外在动力进行探索，故事中便不断有危机产生，每个危机又都导致了行动的纠葛和转折。

每个冲突都揭示出人物的不可靠和缺点、糟糕的决定和绝望的情感。

没有任何人物是完美的——他们都被各自的心理所驱使，被生活中悬而未决的问题驱使。

在《广播新闻》中，简从来搞不清自己要的是谁。她很武断，着迷于工作，很会为自己着想。艾伦有身份危机，意识不到自己没有成为新闻广播员的才能。他有时会任性、不可靠，甚至是执拗。而汤姆已经不再为诚实做内心斗争，相比于简和艾伦，他已经变得不那么精确、警惕和关怀他人了。正如詹姆斯·布鲁克斯解释的那样，"为了得到三个有缺陷的人物，为了让他们真实，我费尽了心机。我可以告诉你这些人物究竟错在何处，他们的内核又需要做哪些弥补。汤姆不够格做这份工作，他没有目的感，不会奉献自身，但他风度翩翩、感情丰富、举止得体，认为人生应当是美好的，责任始于家庭也终于家庭。艾伦很聪明，乐于奉献，非常诚实，但身上有种知识分子的自命不凡，会诽谤别人。简位于强迫行为的边缘，但她有很强的目的感，有求必应。她太正确、太特别了，总是被头脑支配而非控制头脑——这又是一种强迫行为。所以说，我是从人物的缺陷出发考虑他们的。但我也一直试图找出使人成为英雄的原因——他们的特殊品质在哪里？我觉得，我们都知道自己会因自私和幻想而软弱，而理解人性中英雄的一面，则是费时而费神的。"

人物的缺陷有时是故事的催化剂。当然，丹选择小心翼翼地出轨仍可以被看作性格的缺陷。简也由于自身的不完善而不能做出选择。

人物的缺陷和不完善时常是由于至少一个人物被他或她个性中的阴影面所驱使。

《致命诱惑》中的丹是一个传统的、幸福的已婚男子，是个和善的人。但他个性中有欺诈、诡秘、淫欲的阴影面。也正是这些阴影面，而非幸福、已婚、忠诚、顾家的因素吸引了亚历克丝，亚历克丝表面上是个迷人、性感、有权势的职业女性，但她的无意识却被不安全感和绝望驱使，因此她便误解了丹对她的回应。

在创造三角关系时，通常一个人物（也许不止一个）会被阴影面驱使。在《广播新闻》中这不太明显，但在很多具有三角关系的故事中却很明确，例如《歌剧魅影》（*Phantom of the Opera*）和《危险的关系》。

在《危险的关系》中德·都尔薇夫人非常善良，但她的阴影面（淫荡和欲望）把她推向和瓦尔蒙发生关系。颇为令人称奇的是，瓦尔蒙的阴影面正是善良。这非常罕见，因为在个性中，黑暗或消极的一面通常会被认为是阴影面。但是在学术上，阴影面只意味着"处于黑暗中"的或被压抑的个性。就瓦尔蒙而言，他的天性有正派的一面，在德·都尔薇夫人的唤醒下，他有了感受爱和给予爱的能力。在他的个性中，有意识的一面是欺诈和专横，而无意识的一面则包括了爱、同情和关怀。

当人物之间存在隐情时，三角关系会得到强化。

动机可以是隐蔽的：贝丝不知道亚历克丝正在积极寻求把丈夫从她身边夺走。行动可以是隐蔽的：简不知道汤姆伪造了新闻故事。态度也可以是隐蔽的：贝丝不知道丹迷恋上了亚历克丝，简也不知道艾伦爱上了她。

有时，隐蔽的东西是驱动着人物和故事却不为本人所知的心理品质。亚历克丝也许意识不到自己绝望的力量，意识不到自己对丹的投射[①]以及对这一关系的误解。她的心理使故事更加复杂。

这些隐蔽的品质——无论是内在的还是外在的——都有把人物驱向危机的潜力。在这类故事中，揭示的时刻是很重要的——此时，隐蔽的东西被发现了。当贝丝发现了亚历克丝，她的行为在婚姻中造成了危机。当简发现了汤姆的不诚实，在两人的关系中也出现了危机。

设计三角关系可以类比于在多个对象中搞平衡并把它们一直维持在剧中。我遇到的一些最棘手的剧本问题就包括了创造三角关系。要归类并搞清它们，编剧有很多工作要做。然而，尽管它很复杂，但某些最有力的人物关系正是来自于此。

5.7 个案研究:《干杯酒吧》

《干杯酒吧》是电视系列剧的典型，它经过了很多次关于人物动力的新讨论，并在漫长的历史中发生了好几次变化。该剧1982年秋天首播，在1984—1985年播出季，主要演员之一、教练的饰演者尼古拉斯·科拉桑托（Nicholas Colasanto）去世了。该剧的创始人们觉得最好有个能替代他并保持相同动力的人物出现。1987年，饰演黛安娜的雪莉·朗（Shelley Long）离开了该剧。创始人也必须考虑为该剧创造一个新的、具有动力的

[①] 心理学名词，指把自己的态度、感情或猜想归因到别人身上。——译者注

人物作为替代。

创始人之一詹姆斯·布罗斯［另外两位创始人是格伦·查尔斯（Glen Charles）和莱斯·查尔斯（Les Charles）］和一个执导过很多集的导演解释了这一过程：

"我们想做一集关于体育酒吧的剧，想创造出翠茜–赫本式的关系。我们喜欢人物关系中有反差：上城区①小姐、下城区②先生；实用主义者、理想主义者；声称'办不成'的男人、声称'办得成'的女人。这种冲撞谁都知道。这样才能成就好姻缘。本剧的最初想法是一个姑娘拥有酒吧，而一个青年为她工作。但是，当剧本写成的时候，编剧们有了另一个想法：一个大学生闲逛进了一间酒吧，经营者从前是个乡下小子。

"我们进一步定义人物，这样便创造了前酒鬼山姆，此外我们又赋予黛安娜一个去世的父亲和一只在第一年死去的猫。在让他们分分合合中，我们给予他们的性格以新的动力。

"在创造这些人物的过程中，挑战就在于，要保持黛安娜既'上流社会'又有同情心，同时要保持山姆既'乡下小子'又不太笨。

"我们同时决定把它弄成一部不断发展的情景喜剧，人物在剧中一直在变。大多数情景喜剧是不发展的，因此不是所有的评论都喜欢这个。但是我们喜欢，并且发现，给予人物的定义越多，可以探索的东西也越多。

"这就是我们尝试的东西。于是，他们写完了剧本。剧本很妙，而且我们也幸运地找到了两个产生了难以置信的化学反应的演员出演本剧。就是这样，选角过程非常走运。这两个人使人物活起来了，从此人物就比酒吧更重要了。

"我们也尝试在辅助人物间创造有力的关系。我们总感到卡拉很为山姆所吸引——曾经是，现在还是。我们也感到她总和黛安娜产生冲突，因为山姆喜欢的是黛安娜。她会挑剔黛安娜，而你则会为卡拉感到难过，

---

① uptown 一词的直译，指城市中的住宅区。——译者注
② downtown 一词的直译，指城市中的商业区。——译者注

这样她便摆脱了来自观众的敌意。现在，这些动力经过了多年的发展，已经变得绝妙了。我觉得，卡拉下意识中觉得黛安娜比她更聪明。黛安娜可能受过更高的教育，而卡拉则具有街头的智慧。黛安娜的家庭生活很幸福，而卡拉不是。卡拉要负担很多孩子，而黛安娜是自由的。

"情景喜剧是被人物冲突驱动的。在早年间，山姆和黛安娜间的化学反应驱动着本剧，此外还有卡拉对山姆的反应、众人对克里夫的反应以及克里夫的吵闹等。由于有了这些人物，我们就可以制作很简单的剧集，比如黛安娜向山姆借钱，可还没等还他就先给自己买毛衣和外套，而山姆的反应则是'她干吗不先还我钱'。

"由于雪莉离开了本剧，我们又回到了旧的设定上——拥有酒吧的女人。人人都爱山姆，这就是本剧的入场券。如果我们失去了他，那么本剧就做不成了。这是山姆的酒吧，他才是令人惬意的那一个。当克尔丝蒂（Kirstie Alley，饰演丽贝卡）加入以后，我们便回到了人人都重要的状态——本剧现在更像个大合唱了。

"当我们开始创造丽贝卡这个人物时，曾经把她设想为一个泼妇。但我不觉得有别的人比雪莉更有趣，所以我们决定不要喜剧演员，不要金发女郎，也不要再来个女招待。克尔丝蒂是我们见的第一个女演员。我们的选角导演杰夫·格林伯格（Jeff Greenberg）进来说：'我给你们找到了一位女士。'于是克尔丝蒂就给我们念了点东西。她身上有种柔弱的特质，我们都没见过或想过这样的角色。我还记得泰迪听她念完之后说他想拥抱她。所以，我们考虑了一下，认为这是一个新路子，或许还会是个很棒的路子。

"在我们的人物描述中，克尔丝蒂又增添了神经质和恍惚轻率的特点。本剧因此而获得了新生。

"当我们看到丽贝卡的方向时，我们便开始创造幕后故事。我们发现她上过康涅狄格大学，有个绰号，做其他工作都不成功。

"通过这个新人物，一系列新的动力在丽贝卡和山姆之间创造出来。

我们觉得让她对山姆不感兴趣，而后者感到难以置信会很有趣。当然，他对她的反应就像对其他姑娘一样：'只要我愿意，我随时能俘获她的芳心。'我们在山姆和黛安娜之间没有取得多少进展——他们的性格在两年间没怎么变化——虽然他们成了朋友。

"丽贝卡也改变了其他人物之间的动力。丽贝卡和诺姆的关系不错，并且彼此关心。我们觉得应该找一集让丽贝卡讲讲她自己。如果让山姆执行这一功能，他便会想和丽贝卡同床共枕。所以，我们认为让诺姆和她谈更有意思。他没有隐蔽的动机，也善于倾听。这样我们就能多获得一些有关她生活的信息。

"卡拉略微吃了点亏。丽贝卡成了她的上司，而她却不能反击。所以，她们的关系不像卡拉和黛安娜的关系那样有动力。但是我们给卡拉安排了一个丈夫，这样她就可以和他斗了。

"由于尼古拉斯·科拉桑托在第三年时去世了，所以我们也必须替换他。我们知道他患病已经一年了，也花了一些时间考虑对策。我们必须有一个酒保，别无选择。我们不想要老的，而想要年轻的。《亲情纽带》（*Family Ties*）得到了大量的年轻观众，领先于我们，所以我们也得年轻化才行。必须有反差，因为尼古拉斯总在讲愚蠢的笑话。在喜剧中，让某人与别人不合拍总是很有帮助的，你可以讲愚蠢的笑话，并把大意解释给他们听。这是个很好的写作手段。于是，我们决定要一个农家小子。伍迪并不符合这一概念。这一概念本来是一个长着大牙的瘦小子，而伍迪则是一个做作的农家小子，有点歇斯底里。毫无疑问，他是最棒的。

"伍迪和'教练'很相似——他们都讲同样的笑话。你的确失去了尼古拉斯那样的'父亲形象'，而你却得到了伍迪，他更像一个儿子。但是你在别的地方还是失去了一点。

"在本剧中，我们做过很多改进和改变。这些变化能够奏效简直是个奇迹！"

课后实践

运　用

我探讨的这些概念适用于任何类型的关系。无论是主要人物之间，还是辅助人物之间，创造有力的关系动力能给你的故事带来生命和兴奋。当你考虑自己的人物时，问你自己：

- 我的人物间有无冲突？它是否通过行动、态度和价值观表现出来？
- 我是否使人物间产生了可以区分他们的反差？
- 我的人物是否有向彼此转变的潜力？观众或读者是否理解两人是不可分离的。他们彼此之间的吸引是否清晰？彼此间的影响是否清晰？

小　结

戏剧本质上就是关系。它极少是只关于一个人的，通常是关于人的互动和影响，而结果就是这一互动导致了人的转变。

没有富于动力的关系，人物就会变得平淡无趣。冲突和反差提供了人物之间的戏剧，并且证明人物关系可以和任何个体人物一样引人注目、令人难忘。

第6章
添加辅助人物和次要人物

添加辅助人物可以为故事增色。正如画家不断添加细节以使画作完满一样,作家也通过添加辅助人物赋予故事深度、色彩和质感。

很多适用于主要人物的原则同样也适用于辅助人物。人物需要合理性,需要有自己的态度、价值观和情感,而且往往需要具有矛盾性。

但其中还是有些重要的差异。设想一幅描绘婚礼的画作:在两个主要形象——新郎和新娘周围有很多细节、很多人物形象。他们中的大多数缺乏特征,但也有几个得到了鲜明而完整的描绘。例如,前景中有个红衣女郎正在和闯入场景的小猫玩耍;趾高气扬的牧师站在教堂台阶的顶端,把一切尽收眼底;而新娘的母亲则穿着一套黄色蕾丝礼裙,在女儿身边徘徊,喜极而泣。

在这一场景中,辅助人物和主要人物一样令人难忘。尽管有些辅助人物缺乏特征(比如作为"群演"的宾客们),但也有一些辅助人物使故事讲述得更加完满,并且拓展了爱情与婚姻的主题。

在很多情况下,辅助人物会在故事中反客为主,甚至比作家最初打算的更具重要性。有时,这会使故事得到改进。在电视剧中,辅助人物经常会成为观众最喜爱的人物,例如在《欢乐时光》(*Happy Days*)、《亲情纽带》中，方茨和亚历克斯就成了最受关注的角色。

詹姆斯·布罗斯说："如果你有了一个很好的辅助人物，那你一定要把他用足，不要因羞怯而回避他。黛安娜的男友弗雷泽本来只是我们在第三季加入的人物，他是我们为了把她带回酒吧而使用的一个手段，结果他却变得妙不可言，于是我们就继续写他。"

戴尔·沃瑟曼赞同道："有时辅助人物会比主要人物更有趣，这是因为，主要人物负担着推进故事的责任，而辅助人物就没有，因此往往会变得更生动有趣。"

但有时这种反客为主是危险的。如果辅助人物不知道他们的位置，故事就会失去平衡。为了更好地理解辅助人物的定位，我们不妨考察一下创造辅助人物的过程。这一过程包括：

- 决定人物的功能。
- 塑造一个与其他人物形成对比的人物，以实现上述功能。
- 添加细节，充实人物。

6.1 功　能

开始时先问自己"除了主人公，谁在讲述故事过程中必须出现？我的主要人物周围，需要环绕着什么样的人？"

通过明确这些问题，你可以避免在故事中随意添加人物，而且也会开始理解"需要谁，不需要谁"，明确问题的目的在于取得主要人物和辅助人物间的平衡，而不是无止境地增加人物，导致故事混乱。

一个辅助人物在故事中可以承担很多功能，其中包括：协助定义主人公的角色、传达故事主题、协助推动故事的发展。

辅助人物有助于定义主人公的角色和重要性。

如果人物是通过他们的角色和工作得到定义（例如母亲、公司总裁、餐馆收银员）的，那么你就需要创造一些环绕在他们周围的人物来明确这一角色。

母亲需要孩子来显示她们是真正的母亲。公司总裁需要副总裁、秘书、司机和保镖。餐馆收银员身边有服务员、餐厅经理、厨师、杂工和顾客。使用多少这类人物、对他们的强调程度都取决于故事的需要。但没有他们，主人公的地位就不会得到明确。

在创作《夜鹰热线》时，编剧们显然需要为杰克·基利安创造一些工作中的伙伴。该剧的创始人理查德·迪莱洛解释说："我们创作了三个辅助人物。他必须得有个技术员负责接听来电，在剧中这个人是比利·波。很明显，对于这些有关犯罪的故事，一个警察局的内线是很有帮助的。那么还有谁比他的前指挥官齐马克警督更合适呢？电台节目制作人德文是他的拯救天使，她必须开朗、迷人、聪明，并且和他一样坚强。"

请注意在下面这个场景中，节目制作人德文、技术员波是怎样执行他们的功能，支持主要人物的。

杰克·基利安正在温习他的提纲。他抬头看了一眼控制室里的比利·波。比利打开了电脑。杰克拿起提纲，扔进废纸篓里。

       德文
  你在干吗？

       基利安
  我没法念这些废话。

       德文
  没法念是什么意思？

基利安

让我发挥吧……

德文

不行,对不起。我给你写了这个……

基利安

你真觉得我们有时间讨论这个吗?

基利安对着"播出中"的信号灯点了下头,仿佛它有生命似的。德文无奈地、深深地叹了口气,俯向麦克风。

德文

午夜时分,德文·金在 KJCM 电台向您播送,调频 98.3……今晚,在 KJCM,我们高兴地宣布,《午夜热线》诞生了。这档新节目会把您牢牢地钉在驾驶座上……杰克·基利安最近重返平民生活。他将会接听您的来电,回答您关于警务工作和程序的问题……需要声明的是,杰克·基利安的观点既不代表旧金山警察局……

波

(同时)

这里是 KJCM 电台,《午夜热线》节目……

德文

……也不代表 KJCM 管理层的政策……

波

(同时)

……感谢您的来电,请问您的名字和地址是什么?

>   **德文**
>   ……好了，闲话少说，我们很高兴向您
> 介绍杰克·基利安——
>
>   **基利安**
>   夜鹰！

德文瞪了杰克一眼，一字不停地继续说。

>   **德文**
>   我们《午夜热线》节目的主持人。

（稍后）"播出中"的灯灭了。德文转向杰克。

>   **德文**
>   夜鹰？
>
>   **基利安**
>   对，你喜欢吗？
>
>   **德文**
>   不太喜欢。

辅助人物有助于传达故事的主题。

大多数编剧都想通过故事和人物表达出他们认为重要的、有意义的东西。辅助人物就是表达主题的良机，而且不至于使故事显得啰唆和学究气。

要这样做的话，编剧首先要仔细考虑主题。主题可以是关于身份、诚实、沟通、专制、荣誉、爱情以及任何其他想法的。一旦设定了主题，每个人物都可以表达它。

《普通人》是一个关于寻找身份和意义的故事。朱迪丝·盖斯特解释说："正如科纳尔德和卡尔文因面对生活中的悲剧而有能力转变一样，另

外的一些人物则肤浅地生活着。他们代表着'未经检视的人生'。所以说，在某种程度上，每个人物都代表着这一主题的两面。心理医生伯格、卡尔文、科纳尔德、珍妮和卡罗尔都丰富了'经过检视的人生'这一想法——这些人生活得更有深度。而斯蒂尔曼、雷、贝丝则显示出某些人肤浅的生活，不愿（或无力）去转变。"

《飞越疯人院》探索的主题是对权威的反抗。相关的主题包括镇压、暴政和充权（empowerment）。

该剧中的辅助人物传达了恐惧、渴望安全、压抑的情绪和强烈的期盼。三个不同的辅助人物用其各自的陈述展开了这些主题。

斯皮维医生是镇压统治的一部分，同时也是拉奇德护士暴政的走卒。[1]

斯皮维医生

治——疗、沟——通。这就是说，这个病房也是个小规模的社会。社会决定谁是疯子，谁不是。你必须符合标准。我们的目标是建立一个完全民主的、由病人自治的病房，使你复原并适应外界。重要的是，不要让心中留有任何引起怨恨的东西，要说话，要讨论，要坦白。如果你听到别的病人有什么特别言论，就把它记在登记簿上，以便我们都能看到。你知道这个程序叫什么吗？

麦克墨菲

告密。

病人哈丁意识到自己的软弱，却对此无能为力。

---

[1] 剧本引用自戴尔·沃瑟曼《飞越疯人院》，纽约：塞缪尔·弗伦奇出版社（New York: Samuel French），1970年版，第22、27、38页。

哈丁

这个世界是属于强者的，我的朋友。兔子知道狼的强大，所以狼来了它就挖洞藏起来。它不会向狼挑战，麦克墨菲先生……我的朋友……我不是小鸡，我是兔子。我们大家都是兔子，在迪士尼世界里蹦蹦跳跳。比利，围着麦克墨菲先生跳两下。切斯韦克，让他看看你有多愤怒。啊，他们都害羞了，多可爱啊。

哥伦比亚河流域印第安人布朗登酋长，显然看到了这里的镇压，但他觉得要对抗它的话，自己还"不够大"[1]。

布朗登酋长

我帮不了你，比利。我们都不行。只要一个人帮助了别人，他就失去了防备。麦克墨菲不懂这个——我们只想安稳度日。所以没有人抱怨那团迷雾，虽然那很糟，但你只要躲回到迷雾中就安全了。

每个人物都例证了镇压主题的不同部分。斯皮维医生是权威的代言人，要求人们随时告密。哈丁和布朗登是不愿反抗和渴望安全的代表。

辅助人物可以成为催化剂式的人物，传达出信息并推动故事发展。
《证人》中的塞缪尔为约翰·布克提供了破案所需要的信息。

---

[1] 剧中这个人物是巨人。——译者注

布克

我是个警官,塞缪尔,我要你告诉我,你在那里看到了什么。

塞缪尔

我看见他了。

布克

你看见谁了?

塞缪尔

那个杀了他的人。

布克

好的,山姆。你能告诉我他长什么样吗?

塞缪尔

(指着约翰的搭档卡特)

就像他一样。

布克

那么他是个黑人了。他的皮肤是黑的吗?

塞缪尔

但没有那么"矬"。

布克

那么什么?

瑞秋

在农场里,我们把小猪仔叫"小矬子",就是矮子的意思。

6.2 运用辅助人物增添色彩和质感

在故事中创造何种人物来执行功能并不是任意的决定。一旦你知道了需要谁，下一步就是决定什么样的色彩和质感将会完善故事的设计。你有很多不同的选择。

反差能够给予人物最有力的刻画。

这一反差存在于辅助人物和主人公之间。人物间的反差可能是生理上的，比如肤色的深或浅、体态的笨重或苗条、动作的快或慢；也可能是态度上的，比如愤世或乐天、纯真或世故、敌意或随和、激情或冷漠。

人物反差对群像式的故事更为重要。《洛城法网》（L. A. Law）的制片人和编剧威廉·芬克尔斯坦（William Finkelstein）谈到，该剧在构建人物时加入了很多反差元素。虽然其中一些人可能被认为是主要人物，而非辅助人物。但比尔表示，他不知道该如何做出有意义的区分，因此这里将他们一并纳入讨论。

"他们对待工作的态度存在反差。布拉克曼是管理者，他关注于事务所财务状况是否良好。而库扎克具有意识形态倾向。他对更积极主动、关乎道德和政治层面的事务议程更感兴趣。贝克尔是个激烈的现实主义者，甚至是个唯我主义者，比事务所中的其他人更关心自我发展。马科维茨兼具务实的底线思维，这得益于他既是一名会计师又是一名税务律师的身份。凯尔茜具有社会意识和女权主义本能。

"他们在种族和阶层上也有反差。维克多·西芬特斯是西班牙裔，来自洛杉矶东部。由于在洛杉矶市中心白人主导的法律界取得了相对的成功，这让他内心充满矛盾。他是个单身汉，长相英俊。他也有社会意识，基本上有进步思想。马科维茨是中上层犹太人，年龄大一些，已婚，四十岁才刚步入婚姻。他也是个注重精确的人，细节至上，控制欲强。他有能力掌控局面，并且痴迷于列举出一切选项和备选方案，这种能力简直让人窒息。

"麦肯齐是高级合伙人，大约六十岁。在人生的这一阶段，有些事对他更具重要性。作为一名高级合伙人，他在事务所中很有权力。

"乔纳森·罗林斯是黑人，属于中产阶级，这就使他和那些康普顿出身的黑人有所区别。秘书罗克珊总是渴望找到一份可靠美好的爱情。在事务所中，她挣钱较少，这就使得她和同僚中的律师相比，处于不同的物质状况和阶层上。

"单身和已婚人士之间也存在反差。罗林斯和西芬特斯单身。凯尔茜和马科维茨已婚。阿比和布拉克曼离异。阿比是位单身母亲。凯尔茜和马科维茨正处于组建家庭的初期。

"人物在价值观上也有反差，比如社会意识和物质主义的对立。库扎克在刑事司法系统工作。他和西芬特斯会为有罪的强奸犯做代理人，而婚姻法律师贝克尔对代理这类人毫无兴趣。

"他们的生活方式也有反差。这其中包括他们穿的衣服（贝克尔非常时尚）、开的车（格蕾丝·范欧文开一辆复古式宝马）、住的房子、家里和办公室的家具式样等。西芬特斯在办公室挂了一幅迭戈·里韦拉（Diego Rivera）的海报。贝克尔的家具是冷色调、夸张、现代派的。而凯尔茜的办公室有种西南部风格的舒适感，甚至不像间正式的办公室。"

次要人物也能通过反差得到揭示。

在影片《战争游戏》（*WarGames*）中［劳伦斯·拉斯克（Lawrence Lasker）、沃尔特·帕克斯（Walter Parkes）编剧］，有两个次要人物向主要人物大卫提供了入侵电脑的信息。本来这两个人物可能是乏味而平淡的，但作者添加了具有反差的、节奏上的微小细节，创造出了一个有趣的场景。

马文被描写为"瘦削、亢奋、壮年"，吉姆被描写为"体重超重、衣着邋遢、态度有些傲慢"。马文的神经质和吉姆的从容形成反差。

大卫
我想让你们看样东西。

马文

这是什么……你从哪儿搞来的这个？

大卫

我试图黑进"第一幻影"……我想得到他们的新游戏程序。

吉姆要从马文手里拿过文件。

马文

等等……我还没看完呢。

可吉姆一把抢了过去。他扫视着纸，从那又厚又脏的眼镜片后斜视着看。

吉姆

全球热核战争……这不是从"第一幻影"中来的。

马文

我知道不是……问他从哪儿搞来的。

大卫

我告诉过你们了。

马文

一定是军方的。绝对是军事程序，也许是机密程序。

大卫

如果是军事程序，为什么他们要弄得跟打牌和下棋游戏似的？

吉姆

也许他们用游戏教授基础战略。

詹妮弗困惑地看着这群怪人。

马文

她是谁？

大卫

她是跟我一起的。

马文

她干吗站在那儿……她站在磁带机旁边……别让她摸。这套东西可费了我不少事。

吉姆

如果你真的想黑进去，就得查明那个系统设计者的一切……

大卫

得了，我怎么可能查到设计者的身份？

吉姆沉思起来。马文不耐烦地插嘴。

马文

你们太笨了。我才不信呢。我打赌我有办法，我搞明白了。

大卫

是吗，马文？你说怎么干？

马文

首先是列表上的游戏啊，笨蛋。我要进入法尔肯迷宫。

尽管这个场景很短，马文和吉姆也不会再出现，但还是要注意他们的差别。这个场景本身只是个简单的过场，其目的只是传达信息，使故事得以继续。但人物却提供了趣味，并使场景引人入胜。

练习：考虑如何在两个律师、两个警察、两个杂技演员、两个木匠、一对双胞胎兄弟之间制造反差。

有时，我们也可以故意使人物相似。

相比于拥有反差的色彩和质感的人物，同样色调的人物也能奏效。例如，在《飘》中，郝思嘉的求婚者们都没什么差别，这样才使白瑞德显得与众不同。

反派和其手下经常是相似的，舞蹈演员、合唱演员、水手、职员也一样，如果人物只是底色和背景形象，你就要选择忽视他们。

有时，拓宽甚至夸张人物的某一特征便可以使人物得到充分的定义。

对滑稽人物而言尤其如此。《一条叫旺达的鱼》中，阿奇的妻子温迪被描写成一个总是极度沮丧的人。对她来说，事事都不如意：车爆了胎、女儿波希娅长了丘疹、餐具上到处是裂缝、讨厌打桥牌、饮料里没有冰——温迪的生活从不顺利，总是一团乱麻。

夸张的特征可以是外表上的。在《野战排》（*Platoon*）中，巴恩斯［汤姆·贝伦杰（Tom Berenger）饰演］的外貌描写是"有一道伤疤"，这暗示他饱经磨难。在性格上，这一特征暗示着他冷酷、报复心强，灵魂遭到了扭曲和腐蚀。

有时，辅助人物被他们自己个性中的反差和矛盾定义。

这可以为人物添加难忘的一笔，给予其额外的维度。

在詹姆斯·邦德系列电影《黎明生机》（*The Living Daylights*）中，反派［乔·唐·贝克（Joe Don Baker）饰演］是一个具有儿童行为的成年人，喜欢玩具兵人。这一细节使他脱离了常见的反派类型。

在系列片《警察学校》（Police Academy）中，警察队长喜欢金鱼。在《空前绝后满天飞》（Airplane!）中，有一个会说黑人俚语的中产阶级女人，还有一个不介意对恐慌者施以老拳使其清醒的修女。

这种笔触尽管粗略，但能增加幽默，为那些很少成为注意力中心的人物增加维度。

然而，把人物写得独特有噱头也有危险。我们都见过跛瘸、面部抽搐或带伤疤的人物。这种细节被创造出来只是为了增加趣味，而对深化人物、完满故事毫无帮助。它们没有带来新的信息，反倒让夸张的漫画手法显得混乱和肤浅。

独特的人物在有利于故事时才会起到最好的效果，而且其存在必须具有说服力。在《一条叫旺达的鱼》中，奥托读尼采的著作是为了证明自己不蠢。在《空前绝后满天飞》中，危急的情境导致了混乱和惊慌。说俚语的女人和打人的修女的功能都在于解决问题。

有时，人物的色彩和背景可以创造出一种人物类型。

人物类型并不意味着拘泥于刻板模式。他们并不是以角色、性别或种族背景来定义的（例如"笨秘书"和"冷酷的黑人"），而是以行动来定义的。他们被故意给予了笼统的描绘，以便于容易被观众辨认出来。

在整个小说史中，作家们都依赖于人物类型。在罗马戏剧中，人物类型包括自大的士兵、迂腐的学者、寄生虫、愚蠢的父亲、泼妇、纨绔子弟、狡猾的奴隶、诡诈的男仆、小丑、魔术师和乡巴佬。而在后来的戏剧里，我们也见过诡诈的女仆、痴情的少年以及傻瓜。而情景剧则把人物类型运用到了极致，向我们呈现了诸如捻着胡子的坏蛋、英俊的英雄、可爱的年轻女子等平面人物。

在上述的情况中，定义性的特征——愚蠢或迂腐等——并不代表"所有的父亲都是愚蠢的"或"所有的学者都是迂腐的"，而是意味着在更大的群体类别——父亲和学者中，有一种特殊的类型是愚蠢或迂腐的。

尽管在很多故事中，人物类型是重要的元素，但刻板模式的人物只会限制故事。（在第 9 章中我们将更为详细地讨论刻板模式。）

有时，使用类型是很重要的。"当你为电视系列剧创造次要人物时，"詹姆斯·布罗斯说，"你要试着使他们准确。如果你写了个恶霸，你选角时就要真的找个这样的演员。如果你选了一个真正的恶霸，但看起来不像，观众就要花上很多时间才能搞清楚这个人物。如果你选了一个大家一眼就能认出的恶霸，你只要让他区别于其他人物，并让他有趣就行了。"

人物类型既可以被粗略刻画，也可以被用心描绘到精微之处。莫里哀的《伪君子》（*Tartuffe*）中的答尔丢夫就是一种人物类型——疑心病性格。《哈姆雷特》中的波洛涅斯也是一种——昏聩的父亲。两者都具有相当多的细节。

当导演和表演教师康斯坦丁·斯坦尼斯拉夫斯基和演员们工作的时候，他鼓励他们在塑造中加入大量的细节。他认为这一过程有助于创造人物类型。

"在舞台上，可以笼统地描写人物，比如一个军人。举例而言，作为笼统的角色，一个职业军人会站姿笔挺，走路时会迈着行军的大步而不像普通人那样走路，还会碰撞脚跟让靴刺发出声响，说话时习惯用响亮的、咆哮式的语调……但是，不能过分地简单化……这种描写只能被看作肖像而非人物……这些都是传统的、无生命的、陈腐的描写……不是活人，只是惯例中的形象。其他一些演员则具有敏锐的观察力，能够从普通的人物大类中选择更细致的分类。他们能够在军人中进行分辨，能够区别普通兵团成员和近卫军、步兵和骑兵。他们了解士兵、军官和将军……还有些演员会加入根据观察得来的更深入、更细致的认识。这样，我们便得到了一个有名有姓的士兵——伊万·伊万诺维奇·伊万诺夫，他拥有不同于任何其他士兵的面貌。"[①]

[①] 参见康斯坦丁·斯坦尼斯拉夫斯基的《构建人物》（*Building a Character*），纽约：剧场艺术出版社（New York: Theatre Arts Books），1949 年，第 25 页。

尽管在剧本中加入停顿、姿态、对视并不是作家的本职工作（这是演员的工作），但还是要有些超越于普遍性之上的、对人物本质的明确定义。演员不是在表演普遍性，一个一般的人物无法吸引演员出演角色，也无法吸引读者去读书。

6.3 充实人物

通过理解人物功能以及添加色彩和质感，你已经快要创造出一个真实的人物了。但还是有必要添加根据你自己的观察和体验得到的细节。

有时，这就意味着把你自己放进人物中去。加州葡萄干广告的创作人塞思·沃纳（Seth Werner）说："很多人都说，我放进广告里的人物有一点像我自己。有人甚至说，在葡萄干舞蹈的线条中也能发现我。那正是我走路和跳舞的样子。这则广告有点反常规，里面有点个性和魔幻的东西。我们的动画师用黏土制作葡萄干的时候，你可以看到他们对着镜子，做出表情，并把表情复制到葡萄干的脸上。我觉得作品应该发自内心，如果它真的发自内心，别人就能感觉得到。它会触动人心。很难说到底是什么在打动人心，但就是这些细小微妙的笔触让这则广告变得特别。"

罗伯特·本顿（Robert Benton）通过记忆和观察他所认识的人为《心田深处》（*Places in the Heart*）创造了很多人物。"我有个失明的叔祖父巴德。当我和亲戚们谈论我的剧本时，有人向我提起了他。我们讲起了他的故事。于是，他就成了影片中威尔先生的原型。通过这个人物，我想要展现一个聪明人在失去视力之后如何把自己和生活隔绝开来，随着影片的推进，又重返生活。我想让这个人物既有智慧，又对自己的生活感到愤怒。我的叔祖父虽然有智慧，但并不愤怒。我想让威尔远离人们，让他有点愤世嫉俗，比其他人更世故老练。威尔给予这个故事反差和很多质感。这个镇上的人不能都是和善的小镇居民，有人得有所不同。

"玛格丽特和薇奥拉是两三个人的混合体,她们是以我高中时的熟人为原型的。

"我特别喜欢韦恩这个人物。我是二十世纪三四十年代在西南部听着乡村音乐长大的。乡村音乐中有一种巨大的激情。于是,我想要写一个具有巨大激情同时也有着一系列问题的人物。这种问题并不是你所能设想的、出现在敬畏上帝的小镇上的那种问题。乡村和西部音乐讲的是'别去抢劫别人的城堡',讲的是'去下等酒吧',讲的是巨大的激情,用的曲调却极为平凡。"

辅助人物和主要人物一样都是通过小细节创造出来的。即使最不重要的人物也可以得到鲜明的描绘。

6.4 创造反派

还有一种必须讨论的人物,他们有时是主要人物,有时是辅助人物,这就是反派。

目前为止我们提到的一切都可以用于创造反派。但反派也有不寻常的问题。

从定义上,反派就是与主人公对立的邪恶人物。反派通常都是对立人物,但对立人物并不全是反派。例如,如果对立人物是出于他们在故事中的功能而非坏的动机与主人公对立,那么他们就不是反派。假设主要人物想上哈佛却成绩不够,那么学校的代表就成了对立人物。虽然与主人公对立,但他们不是反派。反派的角色总是意味着邪恶。

无论反派是戴着黑帽子(例如在西部片中)还是开着喷气飞机,抑或彼此勾结犯下罪行,他们总是会挡"好人"的路,通常还会向社会发泄并以一己之力造成浩劫。

从最简单的层次上看,包含反派的故事通常都是关于善恶的故事。通常主人公代表善,而反派抗拒善。大多数反派都是被行动支配的——偷窃、杀人、背叛、伤害，与好人反其道而行之。他们中的很多人看起来很相似，往往存在着一种动机薄弱和单维的倾向。他们的邪恶动机很少能得到解释，似乎只是因为喜欢便去作恶。

尽管如此，创造立体的反派还是有可能的。取决于故事风格和你开掘的深度，反派能和其他人物一样令人难忘。我们一下就能想起《叛舰喋血记》(*Mutiny on the Bounty*) 中的布莱船长、《莫扎特》中的萨列里，还有短系列剧《大屠杀》(*Holocaust*) 中的那些特别立体的反派。

若要理解反派，试着理解存在于大多故事中的善恶关系会很有帮助。

M. 斯科特·派克（M. Scott Peck）在他的书《谎言之人》(*People of the Lie*) 中把邪恶定义为"执迷于倒退的生活"，换言之就是与生活对抗。如果使用这种定义，那么好人就是代表了对生活的肯定。他或她代表着：挽救农场（《原野奇侠》《心田深处》），战胜虐待 [《弃儿》(*Nobody's Child*)、《燃烧的床》(*The Burning Bed*)]，赢得自尊 [《紫色》(*The Color Purple*)]，意识到个人潜力 [《空手道少年》、《我心不停转》(*Heart Like a Wheel*)]，与他人沟通（《雨人》），从其他物种身上辨认出人性（《比尔》《外星人》），促进发展和转变 [《转折点》(*The Turning Point*)]。

恶与善对立，它会压迫、限制、压制、贬低、反抗和束缚他人。无论使用邪恶昭彰的方式——例如谋杀和其他形式的暴力，还是诡秘狡猾地造成伤害，反派都在故事里承担相同的功能——与好人相对抗。

有没有别的方式能够创造立体的反派呢？首先，有必要问问他们为何要如此行事。如果发现反派本身即是受害者或者是个自私自利的人，那么他们的动机就能够得到解释。第一种情况中的反派通过反应被定义，第二种情况中的则通过行动被定义。

很多反派是由于生活中的负面影响才作恶的。在创造这类人物的时候，作为作者，你可以探索幕后故事，找出造成负面品质的社会和个人因素。你不能把任何人看作"纯粹的坏人"，而要通过呈现优点、复杂的心理和情感（例如恐惧、挫折、怨恨、愤怒、嫉妒）使人物完满。在现实生活中，大多数犯罪分析也是着眼于"作为受害者的坏人"的，如此便能找出原因，比如"为什么一个安静、本分的人犯下了谋杀罪"。人们一般强调的因素有艰难而不稳定的家庭生活、长期的贫穷和伤害、个人感情的压抑，以及孤独、无人照顾的生活方式等。

如果你选择创造一个积极而非被动的反派，你可以通过探索驱动他或她的复杂的无意识因素使人物立体化。有人说过"在坏人自己看来，没有人是坏人"。谁都不会相信自己做的事是邪恶的。大多数坏人都认为自己的行动是正当的，自己的目的是为了更大的善。这些人通常具有较强的心理防御机制。他们不知道自己正被无意识力量所驱动。他们总是被自己的心理阴影驱使，并不断地给予自己的行动正当的理由。

《教父》中的唐·科莱奥内的部分动机在于他对家庭的爱。而《华尔街》中的戈登·盖科承认自己被贪婪所驱使，对他而言，"贪婪"是个褒义词，意味着成就、成功和志向。

如果你在创造反派，你不妨尝试去发现更大的善，或者是驱动着他们的、自以为的更大的善。是对安全的渴望？对家庭的爱？安全感（对自己和亲近的人）？一个更美好的世界（只有一个阶级和一种肤色的）？尽管这样的动机有其积极的一面，但其所采取的行动却是消极的。这是因为，反派渴望把自己的价值体系强加于他人，而最终这会导致某种形式的压迫。

反派可能不知道自己在做什么。尽管他们会辩解，但其邪恶的行动其实就是自己不能理解的无意识力量的产物。出自这些人物的暴力和压迫虽然隐秘，却依然很有影响力。这些反派会否认自己的行动和动机。但在这种否认中，我们能发现强迫行为、虐待或对某种事物上瘾等因素。所以这些人物会说"只是打打屁股，伤不了孩子"，或者"我只是喝了几杯，不至于醉酒闹事"，或者"我爱我妻子，她当然不会害怕我"。《燃烧的床》和《弃儿》中的反派就意识不到他们这些行为的负面效果。

任何类型的反派都受害于自我陶醉，或没有能力看到并尊重他人的现实。换言之，他们没有能力去认可别人的人性，去肯定别人也具有自行其是、自得其乐的权利。

练习：你可曾感到过压迫？压迫你的人有哪些行为令你不堪忍受？其方式是明目张胆还是偷偷摸摸？设想迫害你的人会为他或她的行动找什么借口？

6.5 个案研究：《飞越疯人院》

《飞越疯人院》最初是肯·凯西所创作的小说，后来又被戴尔·沃瑟曼改成戏剧，并于1975年被拍成了电影，编剧是布·戈德曼（Bo Goldman）和劳伦斯·奥邦（Lawrence Hauben）。

戴尔·沃瑟曼写戏时重新塑造了辅助人物。这些人物因其鲜明的刻画、主题功能以及他们和主要人物麦克墨菲之间的关系令人难以忘怀。

在梳理主题时，戴尔·沃瑟曼已经看清了每个人物。"肯·凯西的小说是关于反叛社会的哲学意义的。最具典型的想法就是一个反抗权威的人以及他的遭遇。奇怪的是，《梦幻骑士》（*Man of La Mancha*，也是沃瑟曼的作品）和《飞越疯人院》虽然相差颇大，却被人当成了同一类戏剧。这是因为，它们讲述的都是一个被社会遗弃的、不肯顺从的、挺身反抗的人。而且在两者中，社会也致力于镇压并清除这个人。

"我为本戏剧设定的论点在于社会的标准化和个体的压抑。总的来说就是：我们生活的这个社会为了保护自身必然压迫个体，迫使个体遵守纪律。社会保护的是自身的权力，而不守规矩的人威胁到它的权力。而这种自我保护又以个体失常为先决条件。

"为了阐述这一论点，我必须展现压迫力量及其受害者之间的关系。所有的辅助人物都是某种形式的受害者。成群面目模糊的受害者并不是很有趣，因此把每个人物鲜明地区分开来是很有必要的。他们可能代表着某种东西，但未必会得到完全的描写。我觉得极为重要的是，不能把他们看成某种穿制服的军队。为了让他们尽可能个性化，我绞尽了脑汁。

"每个受害者都略有不同。印第安人是受害者，因为他是美国的受害者。有同性恋倾向的那个人（哈丁）是受害者，因为他遭到社会的蔑视和嘲笑，只能主动地退出社会。口吃的男孩是受害者，因为他有个怪物般的母亲。无所事事、整天造炸弹的人是美国军队的受害者，因为军队摧毁了他重返社会的能力。以耶稣受难姿势贴墙站着的人是医疗体制的受害者，这个体制为了把人的行为改造到可接受的程度，拿他做了脑叶切除实验。即使拉奇德护士也是受害者，标准化和纪律化的社会把她变成了一个怪物。"

为了充实这些人物，戴尔在精神病院待了十天。

"我所寻找的元素是这些人的智力、教育水平和清醒程度。我想在他们身上发现一种特殊的行为模式，以此了解为何这些人被认定为疯子。但个体差异非常大，可以说，你找不到他们与正常人的区别。他们每天都吃药，因此行为遭到了修正和抑制。

"通过观察他们在治疗前后的状态，我看到了一系列不同的行为表现。吃药之后，他们说话变得死气沉沉了。这正是所谓的'套话'。而在吃药之前，其行为模式却很疯狂，有时可以说是奇妙的。他们对自己有着疯狂的逻辑。有时，我甚至被这些人思维透彻之美深深打动。那是种非常规、条理不清晰、没有语法的表达。"

通过推翻人物的正常逻辑，戴尔创造出了有趣的人物。

"人物如果按照完美的逻辑讲话和行动就会变得乏味。一般来说，完美的逻辑意味着谎言。因此，我就去寻找人物不合理的、矛盾的、错位的地方，这些地方比人物的直来直去更有启示性。举例而言，如果有人天性野蛮，我就会非常仔细地观察他们，因为他们终将完全显露出自己矛盾的品质，有时这种矛盾的品质真正揭示了这个人物。

"麦克墨菲似乎是个野蛮霸道的人，却会教室友们跳舞，而且教得非常细致周到。令人吃惊的是，他也会引用诗句，虽然有时引用错了，但在内心深处，他对诗歌怀有热爱。当我看人物时，我是带着'完美就是乏味'的假设去看待他们的。"

戴尔也对这些人物的隐蔽方面进行了分析："我寻找潜在的驱动力，并且找到了让观众明白人物并不了解自身的方式。的确，人们表面上按照一系列动机行动，实际上却完全被一系列本能支配。

"比利·比比特并不理解他母亲对他的所为。他维护母亲，但实际上她却给他的生活造成了毁灭性的影响。哈丁用以责备自己的理由——性取向——根本不算是过错。而拉奇德护士实际上是个受到人为强烈压抑的女人，堪称模范军人。这种压抑使她成了一个憎恨男人的人。奇怪的是，她也有温情和正派的一面。这些都是有趣的矛盾。她做事时有非常良好的理由，而结果却糟糕透顶。

"我喜欢强调的一种元素是惊喜。主要人物很少会提供惊喜，但辅助人物却经常可以。它能够唤醒观众，使他们警觉。在《飞越疯人院》中，坎迪·斯达就是个惊喜。谁能想到一个美貌的妓女竟会在这样的环境中出现？而且她还把朋友带来了——不是一个妓女，而是两个！她们都是很有趣的姑娘。"

我问戴尔，辅助人物会遇到什么问题？

"最糟糕的问题是不够完整。在故事中，你有的是时间使主要人物完整。而辅助人物（经常是很有趣的）却被撇在那里摇摆不定，而且无法变得完整。我觉得不管观众是否能意识到，这都令人十分沮丧。有很多次，我急切地希望了解辅助人物的经历，然而却没有时间。

"而且还有一种倾向是，只描绘那些足以形成一个人物的特性，而不必使这个人物特别有血有肉。在电影中，这几乎是必然的做法，因为你不能让辅助人物分散观众太多注意力。但这有时还是很让我困扰，因为理想中每个人物都应当是有趣的，而不应令人困惑和失望。"

课后实践

运 用

当你为剧本创造辅助人物时，问自己：

- 我的人物是否都在故事中承担功能？他们的功能是什么？
- 我故事的主题是什么？我的每个人物用何种方式拓展主题？
- 我是否注重次要人物的创造？如果我使用了人物类型，我有没有确认他们不是刻板形象？
- 我的人物中有无反差？我怎样为他们添加色彩和质感？
- 为了定义辅助人物和次要人物，我用了哪些鲜明的特点来刻画？这些刻画与故事和主题有无联系，是否只是为了加强人物的噱头？
- 我的故事中有无反派？他们的幕后故事是什么？驱动着他们的无意识力量又是什么？他们是否在追求可理解的善，却采取了恶的行动去实现它？

小 结

很多好故事之所以令人难忘正是由于其中的辅助人物。他们可以推进故事，明确主要人物的角色定位，增加色彩和质感，深化主题，丰富故事内容，为最微小的场景和瞬间增加细节。

詹姆斯·迪尔登这样总结道："只要在现实的背景内，只要不过分夸张，你可以使小人物也妙趣横生。很多故事都是娱乐性的，这并非泛泛而谈，而是说要让观众动眼、动耳、动脑。正是那些小细节让故事生动鲜活了起来。"

第 7 章
对白写作

很多编剧和写作教师对我说过:"对白是教不出来的。编剧们要么有天赋,要么就没有。"我赞同绝妙的对白正如绝妙的绘画和音乐一样,是教不出来的,但优秀的对白还是可以教出来的。有一些方式,借助对整场戏和人物的思考,还是能够改进对白的。编剧们可以训练自己的耳朵去倾听语言的模式和节奏,正如音乐家训练他们的耳朵去倾听音乐的旋律和节奏一样。

首先,你需要理解,什么是优秀的对白,什么是糟糕的对白。

- 优秀的对白就像一段音乐,有其拍子、节奏和旋律。
- 优秀的对白倾向于简洁明快。一般不要超过两三行的篇幅。
- 优秀的对白就像网球比赛。球在运动员之间往复运动,并代表了一种永恒的力量交换——它可以是性别的、身体的、政治的或社会的。
- 优秀的对白传达出冲突、态度和意图。它不能讲述人物,而要揭示人物。
- 优秀的对白因为有节奏而朗朗上口,使人人都能成为伟大的演员。

有很多编剧擅长写作对白,詹姆斯·布鲁克斯就是其中之一。读读下面这段选自《广播新闻》的对白。大声地读出来，听听其中的节奏。注意，每句话都在某方面揭示了人物。还要注意的是人物之间对白的差异。

助手对简说：

> **助手**
> 除了社交方面，你在每个方面都是我的楷模。

在简和汤姆的对话中：

> **简**
> 我看了采访那个女孩的素材带子。我知道你采访后的反应是演的。为了一点剪掉的新闻镜头就挤眼泪，你完全越线了……
>
> **汤姆**
> 很难不越线。眼泪一直在感动着那个小傻瓜，不是吗？

在艾伦和简的对话中：

> **艾伦**
> 你能不能至少假装尴尬一下——在你为约会做准备的时候，我出现了。
>
> **简**
> 这不是约会，只不过是同事之间的专业聚会。

简去拿文件袋的时候，趁没人注意的时候拿了一小盒安全套，把它也放进自己的晚装包了。

注意上述例子中的各种元素。助手的对白中包含着（对简的）态度。汤姆的对白显示出情感（沮丧）和价值观的冲突（他在工作中一直为真实奋斗，但真实的含义却不断改变）。艾伦的对白显示出冲突和态度，简的对白显示出她的内心冲突（试图在她和汤姆及艾伦的关系之间找平衡）。

在上述的例子里，我们可以发现，绝妙的对白都包含着冲突、情感和态度。它还有另一个重要组成部分：潜台词。

7.1 什么是潜台词？

潜台词是人物在字里行间真正要说的东西。人物经常自己意识不到，经常间接地表达或隐藏自己的本意。我们可以把潜台词说成是对人物不明显，但对观众来说显而易见的一切潜在动力。

潜台词最有趣的例子之一是伍迪·艾伦编剧的《安妮·霍尔》。当阿尔维和安妮初遇时，他们仔细打量着对方，开始了一场关于摄影的知识分子式对话，同时他们的潜台词以字幕的形式出现在银幕上。在潜台词中，她怀疑自己对他而言是否足够聪明，他也在怀疑自己是否浅薄；她在担心他和自己以前约会过的男人一样是个傻瓜，而他在想象她裸体时什么样。

在《安妮·霍尔》中，安妮和阿尔维都理解谈话中的潜台词。然而，通常人物是意识不到潜台词的。他们既不知道自己真正在说什么，也不知道自己的真正意思。

在罗伯特·安德森（Robert Anderson）的戏剧《我不为父歌唱》(*I Never Sang for My Father*) 第一幕中，有一场潜台词丰富的戏。它发生在餐馆里，表面是儿子带父亲吃晚餐，但潜台词却颇为不同，其真正要说的是父子之间缺乏沟通、关系紧张，儿子没有按照父亲的期望生活，父亲因此压抑着怒气。

尽管潜台词总是在某种程度上依赖于演员的诠释，我还是在很多台词之中插入了可能的潜台词。在该戏剧中，这场戏发生在父亲（汤姆）、母亲（玛格丽特）和儿子（吉恩）之间，但出于讨论的需要，我对整场戏进行了精简，集中表现汤姆和吉恩的关系。

> 女招待过来准备点酒。
>
> **女招待**
>
> 干马丁尼？①
>
> **汤姆**
>
> （顽皮地眨了下眼）
> 你在逼我啊，要六比一的。
> （潜台词：我就是喝干马丁尼的真汉子。）
>
> **汤姆**
>
> ……你想喝什么，吉恩？杜本内？②
> （潜台词：汤姆觉得吉恩和自己不是一类人，因此他不会要干马丁尼，而会要杜本内。）
>
> **吉恩**
>
> 我也要马丁尼，谢谢。
>
> **汤姆**
>
> 但不要六比一的。
>
> **吉恩**
>
> 不，就要六比一的。
> （潜台词：我不想你认为我比你差。）

---

① 马丁尼是一种用烈酒（杜松子酒或伏特加）和苦艾酒混合而成的鸡尾酒，干是指烈酒比例较高。——译者注
② 一种法国开胃酒。——译者注

汤姆

好啊!

(潜台词:这个傲慢的家伙!)

汤姆

今天我请客,明白吗?

吉恩

不,我请客。

汤姆

嗯,你为了接我们到这里可花费不小。
(潜台词:瞧我是个多么大度,多么好心的父亲!还有,别忘了,你负担不起这趟旅行的开销,甚至连我的晚餐也负担不起!)

吉恩

不,我要请的。随便点什么都行,不用先看价钱……不管我带你去哪里吃饭,你总是先看价钱。
(潜台词:告诉你吧,我希望你享受这顿晚餐,而且我付得起。)

汤姆

我才没有。但我觉得咖喱虾卖三块七角五也太离谱了。

吉恩

你喜欢吃虾,那就吃嘛。

汤姆

如果你让我买单的话。

> **吉恩**
> 不！你得了吧！
> （潜台词：看在上帝的分上，就让我请你吃一次虾吧。拜托！）
>
> **汤姆**
> 听着，我心领了，不过，说到你现在的工作……
> （潜台词：你不像我这么成功，甚至不像我希望你的那么成功。）
>
> **吉恩**
> 我付得起！我们不要再争了。

还没有点菜，两人之间便产生了怒气。汤姆宣布说："我什么也不想吃了，我没胃口。"

7.2 什么是糟糕的对白？

形成优秀对白的元素包括冲突、情感、态度和潜台词。那么什么是糟糕的对白呢？

- 糟糕的对白僵硬、矫饰、不顺口。
- 在糟糕的对话中，人物说话风格全都一个样，没有一个听起来像真实的人话。
- 糟糕的对白会直接说出潜台词，它把每种思绪和感情和盘托出，而非揭示人物。
- 糟糕的对白使人物简单化，而非揭示他们的复杂性。

那么，如果你知道自己写的对白是平淡、乏味、无趣和僵硬的，应该怎样改进呢？

我们用一个在很多剧本中出现过的一场戏为例。一个编剧被制片人约见，后者有意投拍他的剧本。接下来的这一段可能是有史以来最糟糕的对话（我要对此负责，这是专门为本书而写的）。

制片人
好，请进，见到你真是太高兴了。你知道，我很喜欢你的剧本——它真是非常好。

年轻编剧
啊，谢谢您，这是我的第一个剧本，您这么看待它真是让我大吃一惊。我是从堪萨斯州来的，以前从没到过大城市。能遇到您这样的人真是太幸运了。我已经仰慕您的作品多年了。

制片人
哦，你真会说话。我们来谈合同吧。

糟透了，对不对？僵硬、无聊，没有生命和能量。两个人物只是说出自己的想法和感觉，而且听起来都一样。

首先要精简地写作，别的什么都不用干，你就能把对白提高百分之五。不要写"真是"或"我已经"，把所有的语气词诸如"好""哦""你知道"都去掉。只需让它更加富于对话性，改进便已经开始了。但是，要让对白有效，还需要对整场戏进行重新构思。

曾经有位客户向我求助。这个名叫达拉·马克斯（Dara Marks）的编剧写的对白总是很有能量和节奏。我们就像在进行一次关于对白的咨询会议那样，一步步地改进这个场景。我问问题，我们讨论，她改写。

我们以考察整场戏的不同方面开始。首先，我们问："这些人是谁？"我们知道，这个编剧来自堪萨斯，他刚到洛杉矶，并且仰慕这位制片人。但我们对制片人这个人物却一无所知。

制片人都是什么样呢？俗套的制片人是唯利是图的狂热生意人，或者说是个五十来岁的、抽雪茄的老油条，迫切于发掘年轻天才。达拉和我认为，尽管任何俗套都有一定的真实性，但大多数制片人并不是那个样子。我们讨论了曾经见过的制片人：有人放松，有人焦虑，有人坐姿懒散，有人坐姿笔挺，有人每天下午打网球，有人自以为是，有人对电影的各个方面都了如指掌。

我们还讨论了曾经和制片人会面的场所：办公室、餐馆、外地的旅馆套间、家中的书房、派对、壁球场。由于我们都曾在船上和制片人见过面，所以我们决定把整场戏就设定在那里。我们创造了一个五十刚出头、非常成功的制片人。他打理生意的地点设在他那二十七米长的游艇的后甲板上一间敞亮的大房间里。

挑选一个不寻常（但在好莱坞必须是完全可信的）的场景，使我们有机会清除那些传统的、意料之中的东西，并创造出更有趣、更真实的人物。

接着，我们讨论了两个人物的态度。我们决定让制片人在这场戏开始时睡着了，并让年轻编剧兴奋而热切。牢记这三个元素，我们把这场戏重写如下：

内景　游艇　日

特写：

随着游艇在停泊的水域里轻柔摇摆，一支铅笔在办公桌上前后滚动着。镜头拉开，首先展示出一双平底休闲鞋的鞋底和交叠在办公桌上的双腿。然后，制片人的睡姿完全出现了。他就像摇篮里的婴儿一样晃来晃去，读了一半的剧本搭在胸口。

年轻编剧出现在船舱门口。他站得不太稳，由于身处船上而颇感不适（这可能是他第一次离开陆地）。他窘迫地四下打量，发现制片人睡着了。这让他手足无措。

年轻编剧

啊。咳咳。

制片人没动。

年轻编剧

（更大声地）啊，咳咳……

制片人懒洋洋地睁开眼，瞟了一眼手表。

制片人

你迟到了。

年轻编剧

对不起，先生。公共汽车……

制片人

（坐起来）你坐公共汽车来的？

年轻编剧

（很不自在）唔，是的，先生……

制片人

我从来不认识坐公共汽车的人。（草草记在便笺上）我得试试坐公共汽车。

制片人点起一支雪茄，这让年轻编剧的晕船更严重了。

制片人

那么，小子，我能为你做什么？

年轻编剧

（奇怪地）是我的剧本，先生，你说过要见我。

> **制片人**
> 我说过吗?

年轻编剧点点头。

> **制片人**
> 叫什么来着?

> **年轻编剧**
> 《他们都跑起来了》,先生。

制片人在办公桌上翻找着。

> **制片人**
> 我看看……跑步……有意思……

年轻编剧看到了他的剧本,向制片人指了出来。

> **年轻编剧**
> 就是那本。

> **制片人**
> 啊,对了,那个跑步的剧本……跑了一整年,阵势可不小啊。

> **年轻编剧**
> 它其实不是关于跑步的,丁克莱梅耶先生。它讲的是堪萨斯州,我的家乡。

> **制片人**
> 堪萨斯州是吗?有点怀旧、朴素的?(想了一下)可能是个新趋势。我喜欢!好吧,小子,成交了!

注意,在这段对白的修改稿中,制片人的态度主导着整场戏。他对外乡人有其态度（他可能会找时间试试坐公共汽车的滋味），对堪萨斯有其态度（怀旧、朴素），还对商业趋势有其态度（他的成功正是由于对什么流行、什么不流行有着敏锐的嗅觉）。

现在，对白有了节奏，有了可供演员和导演使用的不寻常的场景。我们也对制片人及其态度有了点感觉，但对年轻编剧还是缺乏认识。

为了发展这个人物，我们从他的幕后故事开始。我们决定，这个年轻人给了自己一整年的时间到洛杉矶推销自己的剧本。这一天正是这一年的最后一天。此时此刻，他知道自己已经输光了一切。他觉得愤怒、沮丧，对整个处境感到一点绝望。

正如制片人用其态度主导整场戏一样，我们决定让这个年轻编剧用冲突和情感主导这场戏。

于是我们再次修改。上一稿中我们喜欢的元素大多数都保留了下来，但这一稿着眼于年轻编剧在整场戏中的作用：

内景　游艇　日
年轻编剧把头探进门里，懊恼地发现制片人似乎睡着了。

年轻编剧
　　啊。咳咳。

制片人没动。

年轻编剧
　　（很大声地）咳咳……

制片人醒来，因为被人发现自己打盹而感到不好意思。

制片人
　　（四下摸索，让自己恢复镇静）你迟
　　到了！

年轻编剧

（惊奇地）早上九点我就到了。

制片人

唔，我是个大忙人。（整理着办公桌上的纸张）那么，你手上有什么？

年轻编剧

六个小时之前，我就该坐上回威奇托的公共汽车。

制片人

你坐公共汽车吗？

年轻编剧

有什么不妥吗？

制片人

没有，我只是从来不认识这样的人。

年轻编剧

我们才是看你电影的人，你应该试试。

制片人

我不喜欢你的态度。

年轻编剧

（沉不住气）我不是来卖态度的，我是来卖剧本的，先生！你要么买，要么我就回农场去。

制片人

什么农场？什么剧本？

年轻编剧

（被激怒了）你说要和我谈的剧本。

> **制片人**
> 我说过吗？叫什么来着？

> **年轻编剧**
> 《他们都跑起来了》。

制片人在办公桌上翻找着。

> **制片人**
> 奔跑的故事已经和迪斯科一样过时了！

> **年轻编剧**
> 它其实不是关于跑步的，看在上帝的分上！它讲的是一个浑身泥巴、背井离乡的堪萨斯州农民的窘境。

> **制片人**
> 泥巴？谁会关心泥巴呢？

> **年轻编剧**
> （双手举到空中）我放弃了！我要回家去了。

> **制片人**
> 等一下！（边想边说）泥巴、土地……朴素的，我喜欢。可以成为新趋势。好吧……成交了……

年轻编剧惊呆了。他停在半路，转过身来。

> **年轻编剧**
> （兴奋地）你说真的？

> **制片人**
> 当然，小子……但我们得把片名改一改。

现在，我们就有了两个同等重要的人物，两者都用态度、冲突、幕后故事和意图为整场戏做出了贡献。人物有力了，对白便有力了。

如果你要继续修改这场戏，还有几个方向是可以采用的。

你可能会觉得这场戏太"尖锐"了，两个人物都怒气冲冲、互不相让。你可以只让一个人物尖锐。也许编剧怒气冲冲，但制片人却不想被他的怒火影响。

你还可以在一场戏中加入"小动作"，这就是说，给每个人物的个人行为增加细节。回想一下，你有没有更不寻常的会面。在这些会面中，除了谈话还有什么？

我曾经和一个执行制片人会面。他的办公桌上摆着五十个米老鼠玩偶。如果你要用上这个细节的话，不妨让制片人在整个会面过程中一直给玩偶掸灰。

另一个制片人在和我会面时一直在玩飞镖。还有一个制片人把大部分时间花在接电话上，同时隔着办公桌打量我。

也许发生在另一个房间的事情，也能增加场景的事物丰富度。达拉和我曾经考虑给这个制片人增加一个妻子，让她在甲板上用各种工具创作大型雕塑。而编剧自始至终都在试图辨认传来的声音，那让他想到机关枪、电钻或出了故障的摩托车。这样可以表明编剧有一种恐惧或焦虑的心态，或者只是无法专心听制片人讲话。

一切事物都可以被用来揭示人物、传达潜台词，这样一场戏就不会直来直去。

你也可以探索一场戏的气氛，以创造出对白的其他走向。房间冷还是热？明还是暗？陈设如何？有没有怪味？椅子上是否摆满了书和剧本，以至于没地方坐？

你还可以考虑改变一个人物的种族、年龄或是体重。我曾经和一个体重三百六十多斤的人（不是制片人）会面。他坐在一把巨大的椅子上，从来没动过。我对他的惊讶使开始的几分钟变得非常难堪，会谈最初我完全在胡言乱语。

某一方对会面的预期也会影响对白。如果你的人物本来以为自己会见到一个五十岁的制片人，结果却见到一个二十五岁的，那么意料之外的情境就会改变对白。假设某个人物戴着眼罩或颈椎支架，或者眼皮抽搐，或者试图掩饰下巴上的疙瘩——所有这些都会影响对白。

语言和词汇也会改变对白。如果某个人物有口音、讲别人听不懂的话或者使用意义不清的词汇，人物之间的交流方式就会改变。

一场戏本身的背景也有一定的效果。也许制片人正在经历离婚，也许编剧刚刚参加了密友的葬礼。这些情境都会影响场景的方向。还有些背景包括：恋爱的开始、制片人和编剧间长期工作关系的结束，或者制片人刚刚雇用了另一个编剧但觉得有必要遵守约定。

制片人和年轻编剧的场景曾经被无数人写过。其中最不寻常的设定出现在莫斯·哈特（Moss Hart）的自传《第一幕》(*Act One*)中。这本书后来被我的客户特雷瓦·西尔弗曼［Treva Silverman，作品有《玛丽·泰勒·摩尔的演出》(*The Mary Tyler Moore Show*)］改编成了故事片，制片人是劳伦斯·马克（Laurence Mark，作品有《上班女郎》）和斯科特·鲁丁［Scott Rudin，作品有《铁窗外的春天》(*Mrs. Soffel*)］。

整场戏发生在纽约。新人编剧莫斯·哈特刚刚写完一部戏。他收到著名剧院经理杰德·哈里斯的留言，说要和他谈谈这个剧本。注意对白是多么简单，但当这些对白与两人的行事方式和态度相结合时，却能传达出有关这两个人的诸多信息。

内景　麦迪逊旅馆　日

十二点钟，莫斯焦急而兴奋地站在礼宾台旁。

　　　　　　　　　　莫斯
　　莫斯·哈特来见杰德·哈里斯。

礼宾员

直接上去吧，1201 房间。哈里斯先生正在等你。

莫斯

（咧嘴笑）谢谢。

切至：

内景　麦迪逊旅馆 12 层　日

莫斯从电梯里出来，兴冲冲地在走廊中走着。他在 1201 房间门口停下，轻轻地敲敲门。门半敞着，没人答应。他又敲了一下，并按了门铃。

一个声音

（微弱地，自远处）进来，进来。

切至：

内景　麦迪逊旅馆 1201 房间　日

莫斯犹豫地走进房间，穿过门厅进入起居室。房间打扫得一尘不染，看起来好像没人住过似的，连烟头和报纸也没有——是这里吗？

莫斯

（轻声叫道）打扰了……莫斯·哈特来见杰德·哈里斯。

那个声音

对，进来。

他犹豫地循声而去，穿过起居室进入卧室。

切至：

内景　卧室　日

两张床中，一张有人睡过，床罩被踢掉了。另一张床上，剧本堆得很高。两个烟灰缸都塞满了抽了一半的香烟。窗帘拉上了，半个房间都是黑暗的。莫斯完全糊涂了，害怕自己犯了错误。

莫斯

你好？

那个声音

（自浴室里）进来，进来。

莫斯走向浴室，刚走几步，便惊慌失措，目瞪口呆了。

切至：

杰德·哈里斯背对我们，一丝不挂地站在水槽边，正在刮胡子。

杰德·哈里斯

（悠闲地）早上好。很抱歉现在才能见你。

莫斯

（完全糊涂了，颤抖地）没……没关系。

莫斯四下打量着，想找个能注视的东西。

杰德·哈里斯

实际上，我本想早点读你的剧本。但是你知道，总有些原因……

莫斯

（盯着自己的鞋）啊，是啊，是啊。

杰德·哈里斯

昨天晚上为兰特一家开了个派对。大家似乎都很崇拜兰特一家。不过在我看来，只有一个兰特就够了。

莫斯笑了，这是一声刺耳的干笑，几乎一开始就结束了。杰德·哈里斯开始擦干脸。

> **杰德·哈里斯**
> 我参加派对只是为了那个意大利女演员,
> 有些关于她的流言很令人好奇,我想去
> 弄弄清楚。
>
> 一条毛巾从水槽掉落在地板上。莫斯盯着它,不知道是否该把它捡起来。最后他决定不捡。杰德·哈里斯还在继续讲话,他冲着莫斯眨了眨眼。莫斯试图回忆杰德·哈里斯在讲什么。
>
> **杰德·哈里斯**
> 结果,流言比我所希望的更真实。
>
> 他得意地冲着莫斯笑了笑。莫斯试图微笑,但却笑不出来,结果只是面部抽搐了一下。

这场戏在很多方面是非常简单的。但是请注意,在整场戏的对白和动作中,有多少层次被传达了出来。莫斯的态度包含期待、震惊和尴尬,例如进不进门、捡不捡毛巾、说不说话的矛盾心理。

杰德传达出一种冷淡以及因和意大利女演员一夜风流而产生的快乐心情。特雷瓦写作这段对白的原因,据她说是:"莫斯·哈特的自传写于20世纪50年代,那是一个更为纯真的年代。我尽可能避免人们把杰德·哈里斯裸体出现看作某种同性恋暗示。"

莫斯·哈特书中的情境包括相同的设定和环境——杰德·哈里斯的裸体和莫斯的尴尬,但着眼点是不同的。哈特叙述道:

> 在我心中,杰德·哈里斯在戏剧话题方面无疑是最健谈的人……即使当时非常窘迫,我也得说,我从未听过这样的戏剧讨论。他那滔滔不绝的论点就像给自己穿上了衣服,使我的尴尬逐渐模糊。我开始认真地听了。他对《一生一次》(*Once in a Lifetime*)的批评是尖刻而透彻的,充满了对该剧潜力和隐患的敏锐理解,还包括了对讽刺文学

总体上的、令人称奇的深刻认识。他的如簧巧舌从《一生一次》讲到了契诃夫，讲到他正考虑制作的《万尼亚舅舅》，又从对合伙人的严厉抨击迅速转到了美国编剧的分类——他认为有一类编剧的剧本是在浪费纸张——最后又回到了《一生一次》上——真是口若悬河，字字珠玑，简直让我喘不过气来。①

如果把这一段转换成剧本中的对白，那么很容易导致一场"唠叨"的戏。特雷瓦说："如果要再现这个，我就不得不纳入一些含混而深奥的信息，那会彻底倒了观众的胃口。"

我为这个项目做了咨询。最终，我们决定删掉这场戏，因为影片讲的是莫斯和乔治·考夫曼的关系而非他和杰德·哈里斯的关系。然而，这却是我个人最喜欢的一场戏——它的情感清晰，沉默中自有魅力。

7.3 对白写作技巧

很多编剧喜欢优秀对白中的那种声响、节奏和色彩。

编剧罗伯特·安德森说："我的哥哥从大学里把诺埃尔·科沃德（Noel Coward）的戏剧剧本借回家来，从此我便爱上了对白。我把它挑出来，问我母亲那是什么，她回答说，是一部戏剧。于是我着了迷。我总是被小说中的对话吸引。当我阅读小说时，我会跳过去专看对话。这当然是个错误，因为在小说中承载故事的不是对话，而是叙述。

"我认为，如果你对对白没有感觉，就不要去做编剧。编剧在戏剧情境和戏剧对白上应当有一定天赋。"

编剧们有很多方式为写作对白做准备。对他们中的大多数而言，第一步就是花费大量的时间构思故事，一句对白也不写。

---

① 莫斯·哈特，《第一幕》，纽约：现代图书馆（New York: Modern Library），1959年，第257—258页。

罗伯特·安德森又说:"我对故事的戏剧性、结构和人物考虑很多——他们在做什么?潜台词如何?每个场景中发生了什么?进程如何?我要花几个月的时间搞清楚这部戏究竟讲的是什么,我把这叫钓鱼。每天早上,我坐在书桌前,把我的想法扔进池塘,然后做笔记,但再也不去看它们。第二天,我又把同样的鱼钩扔进去,看看能钓上什么。过一阵子,某些东西就会浮现并成形。这时,我便知道了人物在哪里、要去哪里,故事讲的是什么。然后我把这完全抛开,花两到三周写第一稿。狂热地写,在完成这一稿之前,一个字也不读。这样它便会有浑然天成的结构。

"我在场景中埋设下结构,六到七个月之中——尽管这很长——我一直在做着笔记。我已经非常了解这些人物了,只要能实现场景的目的,他们想说什么都行。写对白使我想起之前和我的朋友——剧作家西德尼·金斯利(Sidney Kingsley)的一次谈话。我知道西德尼那时在写一部戏,于是就问他进展如何。他说'我快写完了,明天就要开始写对白了'。如此看来,对白只有当一切都安排好以后才会开始写。"

戴尔·沃瑟曼写对白的方式是首先分析每场戏的目标和意图:"对我而言,对白排在最后。当我知道故事要往何处去,知道每场戏的剧情大纲和目的之后,我才会加上对白。此时,对白及其意味已经几乎全都手到擒来了。当然,对白的色彩和风格还不明确。你必须在那上面下不少功夫。给对白赋予某种质朴性和风格,将会是非常困难的工作。"

很多编剧通过仔细聆听人们各种情境下的讲话训练他们的耳朵。

约翰·米林顿·辛格(John Millington Synge)说,他通过聆听洗碗女工说话获得了对白的感觉。

罗宾·库克说他喜欢偷听人们在飞机上的对话。当他在公园打篮球时,也会留意孩子们的相互取笑。

罗伯特·本顿有时会录下对白倾听其中的节奏。"在《心田深处》中,玛格丽特·洛马克斯这个人物是以我的一个朋友为原型的。我和她一起坐了两天，并录下了她的话。我们谈啊谈啊，直到我掌握她的语言风格为止。"

但是，实际的谈话和对白还不是一回事。因此，培养倾听对白的能力还只是第一步。下一步就是把实际的谈话转化成虚构的对白。

"我从来不用人们实际讲出来的话语，"罗伯特·安德森说，"如果你在人们说话的地方支起录音机然后重播，你就会发现听起来简直荒谬极了。所有的对白都是经过艺术加工的、似真非真的。你必须用自己的耳朵架设跨越鸿沟的桥梁。很多年前，我在为广播节目《空中戏剧播报》写作时，我曾经为大明星亨弗莱·鲍嘉（Humphrey Bogart）改编了《永别了，武器》(A Farewell to Arms)。令人沮丧的是，我发现很少能用上著名的海明威式对话。它既不能推动故事，也不能发展人物关系。可当节目播出时，评论却说'海明威式对话承载了这个节目'。我飘飘然起来——我终于有能力写出海明威式的对话了……而且它还推动了故事。"

罗宾·库克说："无论何时，我写对白时总是把它大声念出来——我在寻找相似性。我希望它真的像是两个人在说话。如果我读一本书时遇到的对话不真实，我就能明显地感受到。真正好的对白，最令人惊奇的是，它能给予你既像日常话语又不像日常话语的印象。"

雪莉·洛文科普夫认为："小说中的对话从来不刻意照搬谈话，它代表的是人物的态度。你应当有能力凭借他或她需要什么去分辨谁在讲话。因此，对白应当成为人物内心隐秘的流露。要构建优秀的对白，部分就在于考虑并理解人物想要隐藏什么秘密。"

伦纳德·图尔尼补充道："真实的对白并不是真的在说什么，而是一种技巧。对白应当是个性化的，通过浓缩，它散发出现实的味道。"

有一些练习和加工能够帮助编剧们写出优秀的对白。

特雷瓦·西尔弗曼的方法是对着录音机讲话，第二天再听一遍。"到那时，我把自己说过的话百分之九十都忘掉了，因此我听的时候感觉就像第一次。这时，我要寻找的就是某种提示——人物听起来什么样？如果我找到了那个人物特有的声音，我就可以松口气了，但在我找到那个独特的声音之前，还是很煎熬。用录音机做这个工作更容易些，听与说不那么可怕。我不是在盯着白纸，也不是在盯着一块空银幕。"

罗伯特·安德森说："很多编剧开始就写对白，而不是最后写。尼尔·西蒙（Neil Simon）有一次告诉我，他就是那么工作的。他们说，在写对白的过程中能够发现剧中人物和故事情节。年轻时，我也试过很多次（毕竟我爱的是对白不是故事），但我发现，四十页纸之后，自己已经跌倒了太多次。这是条死胡同。我什么也没发现。在写对白时，我可以发现未知的自我，可以发现我不知道自己已经了解的事情，但似乎无法发现故事。我必须知道结尾。

"如果你用了错误的情境，对白就不会流动，这是致命的——除非你把人物放进有趣的情境内——有趣是指整场戏有进展。

"剧作家约翰·范·德鲁滕（John Van Druten）多次说过，除非人物的名字改对了，否则他无法让人物恰当地说话。我也多次说过这一点。我说的是，一个叫劳拉的人和叫黑兹的人，说话方式不会一样，除非你搞对了名字，否则对白就不对劲。

"我曾经给学生们做过对话练习。其中一个练习是，我假设某人在街上捡了十块钱，他在饭桌上和家里人争论怎么花这十块钱。整场戏的情节发展就在于，谁来花，怎么花？整个的潜台词可以揭示全家人之间的紧张关系。

"在我的戏剧《你知道流水时我听不见》（*You Know I Can't Hear You When the Water's Running*）中，有一场戏是两个中年人讨论是买一套成对的单人床还是保留旧的双人床。表面上他们讨论的是床，但在争论中整个的婚姻状况得到了揭示。潜台词与中年有关，与他们的生活和爱情中发生了什么有关。"

朱尔斯·费弗（Jules Feiffer）在耶鲁大学戏剧学院教授剧作时，他帮助学生们改进对白的方法是"摆脱自我沉迷和其他自负的想法，找出这场戏的要点，删除要点之外的一切，删除年轻编剧们喜欢放进剧本里以显示自己才智的花样"。

写出好对白的关键在于学会倾听节奏和细微差别。

"最重要的一件事，"罗伯特·安德森说，"就是形成一种独特的口吻——不仅是在对白上，而且在态度上。如果你有了一种独特的口吻，对白自然就对了。"

7.4 个案研究：朱尔斯·费弗

我们中的很多人都是通过每周连载的漫画熟悉了朱尔斯·费弗的作品的。他的电影（后来还改编为戏剧）《猎爱的人》（*Carnal Knowledge*）因杰出的对白而时常被人谈起。他还把《大力水手》（*Popeye*）改编成了电影，写过《小小谋杀案》（*Little Murders*）和《埃利奥特的爱》（*Elliot Loves*）。他关于对白的评论涉及所有的虚构体裁，其中关于卡通人物的部分适用于广告领域。

在这次访问中，他谈到了为各种媒介写对白的区别。

"当我从漫画进入戏剧和电影领域时，我发现其中的对白是非常、非常不同的。在戏剧和电影中，当你处理人物关系时，你必须展现开始、中间和结尾的各个阶段而非只是结尾，但在漫画中我就可以只展现结尾。在漫画体裁中，人们彼此间说的话是非常简短省略的，这一定是空间环境的缘故。在舞台上，你可以做更多细微的表情，有更多间接的表达。舞台台词可以写得比电影对白更丰富、更有解释性、更自我满足。而在电影中，你可以提供更多的非语言交流——眼神的交换、身体的动作等。"

我问朱尔斯他创作对白的过程是什么样的。

"首先，我不在一开始考虑对白。对白只是你获得人物并把他们放进情境后的自然产物。一旦你把多于两个人物放在某种情境内并且决定了他们的身份和职业，那么他们会自动讲出东西来。你会和观众一起发现他们一件事接着另一件事，讲的是什么。我经常会对我的人物必须对彼此说的话感到吃惊。你只要发动他们，他们自己就会起飞，这真是好玩。我发现，如果我遵循某种大纲，我便不会得到任何有趣和生动的东西。人物必须对彼此说的话中，有很多能为作品提供能量。对人物关系而言，能量是很重要的。即使情境本质上是被动的，能量也必须真正呈现出来。

"这种能量来自潜台词。这是一种潜在的冲突，它和作品的表面处于交战状态。所以说，唯一真正的冲突也许只是发生在这个人物和他（或她）自身之间。写作潜台词不是说要把它写出来、注上去，而是要完美地理解真正发生了什么、没发生什么、为什么、在表面上能呈现出多少。作品中的这种斗争即在于，怎样伪装到最后一刻，然后挑明一切并制造出戏剧高潮。

"某些时候，潜台词会浮出水面，但是如果完全浮出水面，我认为是没有好处的。其中的某些东西必须上浮，但你不能把秘密完全泄露出来。我需要观众成为另一个人物，积极地参与到电影中。如果你把每个 t 都画上横线，把每个 i 都画上点，那你就是把观众当成懒汉对待，舞台和银幕上就没有能量，观众只是坐在那里看流水账而已。我知道，作为观众的一员，我总是喜欢被迫去思考，喜欢被作品提问。在自己的作品中，我也喜欢这么干。

"如果漫画是个人化而非政治化的，那么它就会经常用到潜台词。如果是政治化的，它的观点可能更明显。但即使如此，由于它几乎总是讽刺性的，它也必须用到潜台词。至少在我的作品里，大多数人谈的都是与己无关的事情。无论是在公共生活还是在私人生活中，人们经常会说反话或者用各种标签掩饰自己的用意。从一开始，这就成为我作品的着眼点。剥去这些标签，真正的观点便显现出来。

"如果在开始写一场戏时我遇到麻烦，我发现有一招很有用。你可以这样开始对白：你好，你怎么样？我很好。你今天做什么了？没做什么。好吧，我有个问题……我会写几页无意义的闲扯，直到对白开始入戏为止。还有些时候，我会从中间或反着开始写一场戏。有时我也会卡住几天甚至是几周。有部戏花了我六年时间，因为我不知道写到哪里才是结尾。

"如果在这一过程中，你能捕捉到感觉并将其融入你自己的日常语言中，那么你已经进展不小了。在下一稿的修改中，要用不同的谈话和丰富的语言区别出特定的人物。在太多的戏剧和电影剧本中，人人说话都一个样。我喜欢让我的人物个性化，以至于读者们不用看名字也知道是谁在说话。你必须在倾听谈话的过程中，训练自己倾听行为特点的能力，而且还必须倾听自己内心的声音。"

课后实践

运　用

对白是戏剧写作的关键。对任何形式的虚构型写作——无论是戏剧还是长短篇小说，它都是不可或缺的。

当你考察你的人物时，问自己：

- 我是否通过讲话的节奏、词汇和口音（如果有必要）甚至句子的长度定义了人物？
- 对白中有无冲突？对白能否反映不同人物在态度上的反差？
- 我的对白是否包含着潜台词？我是否对人物说出的话进行过处理，使之与其本意相反？
- 我是否能从对白中看出人物的文化和种族背景？教育水平？年龄？
- 如果不看人物的名字，我是否能分辨出谁在讲话？对白能否区分出人物？

小　结

创作者总是在训练自己。学习写作对白包括听、读、说那些出色的对白，内化其中的声响和节奏。有些电影编剧还会上表演课以深化演员对对白需求的理解。

对白就是虚构型写作中的音乐，是节奏和旋律。任何创作者都能练就一双擅长倾听的耳朵，写出传达着态度和情感的对白，表现出人物的复杂性。

第8章
创造非现实人物

目前为止，我们一直在讨论现实人物，就是说和我们自己相似的人物。我们能够辨别出他们，因为他们有和我们同样的缺陷、欲望和目标。他们既不是超级英雄，也没有低于人类的特征或被夸张的缺点。

但是，在虚构的世界里，同样充满了非现实人物。想想那些来自幻想世界的多姿多彩的人物吧——外星人E.T.、艾德先生[1]、美人鱼、沼泽怪物[2]和番茄杀手[3]、超人和蝙蝠侠、金刚、小鹿斑比和小飞象邓波、绿巨人[4]和加州葡萄干。

在本章中，我们将关注四种类型的非现实人物。这四种人物是你作为一个创作者可能会创作的主要类型。其中包括：象征人物、非人类人物、

---

[1] 艾德先生（Mr. Ed），美国电视喜剧《艾德先生》[*Mister Ed*（1961—1966）]的主人公，是一匹会说话的马。——译者注

[2] 沼泽怪物（Swamp Thing），DC漫画公司同名恐怖漫画中的主人公，他是人类与植物的结合体。该人物首次面世于漫画 *House of Secrets* 第92期（1971年7月），随即走红。——译者注

[3] 番茄杀手（Killer Tomatoes），美国导演约翰·德比洛（John DeBello）拍摄的惊悚黑色喜剧片系列中的人物，是一些具有生命的番茄，并对人类发动攻击。这些人物首次面世于1978年的电影《杀人番茄》（*Attack of the Killer Tomatoes*）中，并有电影续集、电视剧等后续作品。——译者注

[4] 绿巨人（Jolly Green Giant），美国甜豌豆罐头公司的广告人物，并非漫威超级英雄浩克（Hulk）。1963年开始，这个人物因为广告歌曲而走红。——译者注

幻想人物和神话人物。每一类人物都由其自身的局限性、背景环境以及观众对每个人物的联想和反应所决定。

8.1 象征人物

现实人物是最立体的，他们有其一致性和矛盾性，由其复杂的心理、态度、价值观和情感来定义。如果你要列出一个立体人物的所有品质，那么这张表将会很长。

象征人物则是单维的。他们不是为了表现人性的多面而被设计出来的。他们是某一种品质的拟人化，通常基于爱情、智慧、慈悲或正义等某个概念而诞生。在非现实故事、神话、幻想故事甚至是夸张的漫画风格故事（例如超级英雄故事）中，他们能起到最好的效果。

象征人物的根源可以追溯到古希腊和古罗马悲剧中。一众男神和女神总体上都是由一种特性定义的。雅典娜（密涅瓦）是智慧女神；阿佛洛狄忒（维纳斯）是爱情女神；哈迪斯（普鲁托）是冥神；波塞冬（涅普顿）是海神；狄俄尼索斯（巴库斯）是酒神；阿耳忒弥斯（狄安娜）是荒野万物女神。

尽管维度有限，但他们未必乏味无趣。这是因为，一种品质暗示出很多相关的品质。

例如，马尔斯（阿瑞斯）是战神。他残酷、凶狠、嗜血，连父母朱庇特和朱诺都憎恶他。冲突、争斗、恐怖、焦躁、惊惶总与他相伴。在罗马神话中，他穿着闪亮的铠甲。士兵们在战场上一看到他，便会"血战至死"。[1] 他养的鸟是秃鹫——死亡之鸟。

每个和战争有关的事物都是马尔斯的背景。战争的声音、战争的服装、一切战争的特征都是他性格的一部分。不属于战争的东西也不属于

---

[1] 伊迪丝·汉密尔顿（Edith Hamilton），《神话》（*Mythology*），纽约：新美国图书馆，1940年，第34页。

他。对战争与和平，他没有任何实际上的矛盾心理。对他而言，没有欢笑，没有不确定，也没有矛盾性。

我们可以画一个集合展示象征人物和现实人物间的关系：

单维象征人物　　　　　　　　　　　　　　　　多维人物
―――――――――――――――――――――――――――――

如果你把马尔斯放进集合中，他就应当属于单维象征人物。而在集合的另一端，你可以放进大量的多维人物——《卡萨布兰卡》中的里克、《飘》中的郝思嘉、肖恩[1]、《非洲女王号》中的罗丝。

当你把许多人物从单维向多维排列时，你会发现其他的人物都散落在两端之间的某处。

复制娇妻们[2]是象征人物，她们代表着完美的妻子。与这一概念相关的一切事物都是她们的特征，其中包括顺从于丈夫、保证家中整洁、食物可口、孩子快乐。她们并未被赋予与这一人物无关的特性，现实生活中为人之妻的任何不完美之处都不能加入她们的个性之中。

其他的例子还包括由罗伯特·博尔特（Robert Bolt）编剧的电影《四季之人》(*A Man for All Seasons*) 中的"普通人"以及同名中世纪戏剧中的"每个人"，他们代表着人的平凡性。

很多反派和超级英雄也都是象征人物。《蝙蝠侠》(*Batman*) 中的小丑代表邪恶，而超人代表"真实、正义和美国生活方式"。

很多创作象征人物的作者刻意不添加大量的细节，而只是充分地表达出概念。

当你把人物放进集合时，你可以肯定的是，克拉克·肯特和布鲁斯·韦恩被刻意塑造得比他们的超人和蝙蝠侠形象更立体，同时又被刻意写得比里克、郝思嘉、肖恩或罗丝更平面。他们的次序将会如下：

---

[1] 西部片《原野奇侠》(*Shane*) 的主人公。——译者注
[2] 惊悚片《复制娇妻》(*The Stepford Wives*) 中的人物。——译者注

单维象征人物			多维人物	
马尔斯	复制娇妻们	超人	克拉克·肯特	郝思嘉
	"每个人"	蝙蝠侠	布鲁斯·韦恩	里克
		小丑		肖恩
				罗丝

练习：创造一个代表正义的人物。从列出与正义有关的品质开始。这张列表中可能包括正直、中立、没有种族和性别歧视、对法律精神和条文都有认识。你应该有能力写出二十到五十个正义的品质。为了进一步发展人物，可以考虑给予其正义的父母。比如说，一个是律师，代表法制；一个是哲学家，代表智慧。如果你在创造神一样的人物，那么可以就此打住了。

然后，赋予人物更多的维度。添加相关而不矛盾的品质，例如同情心、智慧、见识，以及其他有可能兼容的各种能力。

要考虑以下两者的区别：一是象征正义的非现实人物，二是以正义作为支配性品质的现实人物（作为一个完全立体的人，他同时也具有不一致性、犹豫不决和矛盾性格）。

象征人物传达出一个清晰的概念，有助于表达你故事的主题。然而一定要小心局限性，以免把他们写成虚假的人物。

8.2 非人类人物

我们中的大多数人都是读着非人类人物的故事长大的，例如黑美人[①]、

[①] 黑美人（Black Beauty），英国作家安娜·休厄尔（Anna Sewell）1877年同名小说中的主角，是一匹马。——译者注

灵犬莱西、《夏洛特的网》中的夏洛特[①]、斑比、邓波或者黑神驹[②]。然而，非人类人物并不局限于儿童故事中。作为成年人，我们也会被乔治·奥威尔（George Orwell）的《动物农庄》（Animal Farm）所吸引，或者对莎士比亚的《暴风雨》（The Tempest）中的凯列班，又或是戏剧《哈维》（Harvey）中的哈维着迷。

有时，非人类人物只是会叫、会咬、长着毛尾巴的人类人物。尽管《动物农庄》中的人物肯定不像人类人物那么立体，但它们是被刻意比作人类的。我们可以把它们叫作"披着猪皮的人"。

创作非人类人物可以从强调动物的人性面入手。莱西非常忠诚、温顺。任丁丁[③]非常聪明。《动物农庄》里的那头猪拿破仑控制和镇压其他动物。但是，这些品质的效果也就到此为止了。连续数周观察一条聪明的狗或者了解一匹温顺的马，不会令人愉快。要创造最有效的非人类人物，还需要别的方法。

人类人物的立体性可以用添加和强调其人性特性获得。但强调非人类方面极少能使非人类人物得到强化。强调一条狗的"狗性"（比如大声吠叫，冲着食盆飞奔）不会令它比人更加可爱。

因此，必须创造人物的个性。达到这种个性的创作过程可能包括：

- 仔细选择一两个品质定义人物的特征。
- 强调观众对这一人物产生的联想以拓展这一特征。
- 创造有力的背景以深化人物。

相对于非人类人物的清晰，现实人物较难于归类。现实人物也许忠诚，但在特定条件下，例如生存受到威胁，那么他们的忠诚就会被削弱。

[①] 夏洛特是一只蜘蛛。——译者注
[②] 黑神驹（Black Stallion），美国作家沃尔特·法雷（Walter Farley）1941年的同名小说中的主角，是一匹马。——译者注
[③] 任丁丁（Rin Tin Tin，1918—1932），是一条牧羊犬，好莱坞历史上最著名的动物明星之一。——译者注

他们可能看似乐观，但悲剧性的条件可能会改变他们的观点。

相反，非人类人物则有着从不改变的、定义清晰的品质。尽管这些品质可能是基于人类的，却不会像人类人物那样会消退或改变。莱西永远忠诚，任丁丁永远聪明。

电视系列剧《新灵犬莱西》（The New Lassie）的制片人阿尔·伯顿（Al Burton）说："我愿意认为，莱西身上有一种稳定性。这在人类身上非常罕见。这种稳定性就是忠诚、勇敢、可信和保护性，就像孩子用的安全毯一样。"

但这些品质本身并不能给予人物足够的变化和趣味。观众需要对它们产生投射性联想。那么，这种联想是如何起效的呢？我们不妨看看广告业用来为诸如汽车、蔬菜或啤酒等产品创造人物的一种方法。

智威汤逊广告公司（JWT）的副总裁迈克尔·吉尔解释了他们创造品牌特征的方式，这同样可以用于创造人物特征："大多数消费者讲不出啤酒之间、洗涤剂之间甚至是百事可乐和可口可乐之间的区别。因此，广告的任务就是明确品牌的个性和特征。这有点像给牲口烙记号——你一看到记号就会得到一种瞬间的辨认印象。记号（品牌）就是用来区别看起来都一样的牲口的。于是，梅赛德斯变成了工程师的汽车；福特代表着质量上乘；某些卡车代表着力量和强悍。非人类人物行业特色——无论它是汽车还是计算机——变成了特定品质的化身。通过把汽车和品质联想在一起，你便能获得一种'沾光'效应，或者叫光环效应。"

在广告中，光环效应会使消费者愿意购买某种产品。当运用到非人类人物的创造中时，它会增加观众对人物的身份感。

有时，广告人物的个性来自对产品属性的分析。贝氏面团宝宝让人想到面团被揉搓和发酵的过程。而"噼！啪！嘭！"则来自家乐氏米脆谷物发出的声音，这人人都知道。斯帕兹·麦肯齐[①]利用了我们"狗是人类最好的朋友"的联想，因此它成了一只活跃、有趣的"派对动物"。

---

① 斯帕兹·麦肯齐（Spuds MacKenzie），百威啤酒用作广告代言者的一只虚构的牛头梗形象。——译者注

还有些时候，人物特征来附加联想。加州葡萄干广告中的那些跳舞的葡萄干和葡萄干的属性没什么关系。创意人没有强调它们又小又皱，没有强调它们的健康属性，而是做出了巨大的跨越。创意人塞思·沃纳这样解释广告概念的形成：

"客户跟我们说：'我想找名人做推广，因为我希望推广不局限于葡萄干本身。我觉得，一个名人能让它更有个性，更有内涵，这可能是我们靠产品本身做不到的。'而我们说，可以考虑赋予葡萄干个性，让它们自己成为名人嘛。我们[我和我的搭档德克斯特·费多尔（Dexter Fedor）]最初的想法是让一群葡萄干在'我透过葡萄藤听到了'的歌声中起舞。然后我们又考虑葡萄干长什么样。我们觉得它们应该很酷，有一点盛气凌人。而作为反差，其他的零食就不那么酷，不那么时髦——比如萎缩的薯片、化开的糖块、会把鞋子粘到桌子上的口香糖。葡萄干穿着不系带的高帮运动鞋，戴着墨镜。而脆饼干穿的是翻口皮鞋，糖块穿的是沙漠靴——它们的一切相形之下都不太时髦。

"我们希望消费者们相信这些人物的现实性。它必须以现实性为基础，否则你就不会买。这就意味着我们必须创造出细小微妙的笔触而不仅是粗略刻画，才能使它独特起来。"

在联想中，所有这些人物都实现了个性化。看到这些人物，我们就会产生特别的感觉，而这些人物也例证了这种感觉。通过明确人物的背景，这种联想得到了强化。

莱西是用家庭背景定义的。它存在于家庭关系之中。"莱西"系列剧的联合制片人斯蒂夫·斯塔克（Steve Stark）说："我们把这条狗看成家庭的一员。它是儿子最好的朋友，是全家人最好的朋友。《新灵犬莱西》不是个儿童剧，而是个家庭剧。作为其中的一员，莱西使这个家庭完美了。因此，它生病时，家里人关照它；家人生病时，它又关照他们——真像是一家人。任丁丁是个拯救者，而莱西是知己和朋友。"

制片人阿尔·伯顿说："家庭背景是从旧版中保留下来的，并在新版中得到了强调。我们在剧中加入了一个女孩，她也和莱西有关。莱西对这个家庭的价值是，它知道自己被这家人所需要。只有让观众感到'哦，有莱西真好'的地方，我们才会写这家人的故事。较之任丁丁，莱西是只更感性、更亲密的动物，它似乎是自动地进入了家庭的精神中。

"莱西是个好伙伴、好朋友。在这个亲密关系变糟的时代——我认为我们的确生活在关系糟糕的时代，特别是人与人之间——有条狗真好。它能给予你一种安宁的亲密关系。在这个时代，你再也得不到这样的亲密关系了。"

我们把莱西的背景和另一个非人类人物金刚的背景做个比较。后者来自南部海域，来自一个原始、黑暗、神秘、恐怖的背景。对它的联想包括对古代宗教祭祀和活人牺牲的模糊认识以及一种黑暗的性压抑。它的出身是未知的，而能够抚慰它的东西也似乎是一个谜。我们害怕金刚，因为我们把自身对未知的恐惧带到了它身上。

练习：通过联想选择一种品质、拓展这种联想、梳理背景，以创造一个陌生的、长着鳞片的外星生物。你会赋予它什么品质？是强调戒备、恐惧、智力优越性，还是强调同情、友谊、可爱之处？

你会对这个人物产生什么联想？联想会变化，这取决于你强调正面还是负面的类人类品质。

它的背景会是什么？它是生活在地下深处——强调它有原始、黑暗的背景，还是来自天空——强调它有超凡甚至是快乐的背景，或者它生活在地面上——这可以使它更易亲近？

8.3 幻想人物

幻想人物生活在浪漫、魔幻、奇异的世界里。那里是精灵、巨人、妖精、巨怪和女巫的栖息地，可能是邪恶、黑暗的，但并不绝对。幻想人物可能是危险的，但并不可怕；他们可能会使坏，但善良终将胜利。幻想人物最后甚至可能得到救赎。

在魔幻背景下，人物的品质是有限的。有时，可以用夸张生理定义他们——巨大如保罗·班扬[①]那样，或缩小如《格列佛游记》(*Gulliver's Travels*) 中小人儿国的居民们那样。

另一些品质则可以用他们的魔法力量定义——例如亚瑟王传说中的魔法师梅林或《绿野仙踪》(*The Wizard of Oz*) 中的西方邪恶女巫。

还有一些可以用"极好""极智慧""极坏"定义。童话故事中几乎所有的男女主人公和反派都符合这一描述。

尽管大多数幻想型人物根植于童话故事或民间传说，但也有一些新的人物被创造出来。其中包括电影《美人鱼》(*Splash*) 中的美人鱼、《飞越未来》(*Big*) 中的半大小子和《魔茧》(*Cocoon*) 中的安塔利安人。

在电视系列剧《侠胆雄狮》(*Beauty and the Beast*) 中，幻想人物文森特和现实人物凯瑟琳成为一对搭档。有着隐秘、粗鄙和原始背景但又向往光明的文森特，和摩登的、住在高级公寓里的凯瑟琳形成了反差。作为一个现实人物，凯瑟琳的情感范围得到了完全的描写。她可以沮丧、悲伤、狂躁和劳累，也可以有爱、体贴、理解和怜悯。

而文森特的品质就局限得多。他不是个戴着狮子头的现实人物，而是停留在幻想限度之内。尽管外表扭曲，但文森特的品质都是正面的。他体贴、怜悯、关怀。有时他也会思慕、渴望，但这无损于他灵魂的善良。事实上，善良就是他的定义品质。这部剧的风格是浪漫的，文森特的英雄性使这部剧成为一个现代的童话故事。

在广告中，最成功的幻想人物之一就是快乐的绿巨人。这一人物的创造过程显示了仔细选择特别的品质是如何制造出清晰、难忘的人物的。

1924年，一种新的甜青豆被推向市场，因其颗粒较大而被称为"绿巨

[①] 保罗·班扬（Paul Bunyan），美国民间传说中的伐木巨人。——译者注

人"。李奥贝纳广告公司（The Leo Burnett Agency）受雇创造这个人物。多数人的意见倾向于创造一个幻想人物。他们开始为这个巨人创造一个正面的背景——把他放到一个绿色的山谷里，使之承载健康和富足的联想。

李奥贝纳广告公司的亨特利·鲍德温写道："从内心深处，我们感到食物就是生存。在几乎所有的原始文化中，好的神都会指引狩猎，允诺丰收。万神殿即要确保一切食物都充足、新鲜和卫生。而绿巨人就是这些神的直系后裔。和大多数幻想人物一样，我们从他身上能知道很多细节。他生活在一个盛产一切好东西的山谷。他指引着生活和工作在这里的人的命运。他喜欢关心从播种到收获到包装的每个细节。"

有些特定的细节也被赋予这个人物，使其得到了拓展。"绿巨人是广告明星，"鲍德温说，"但在视觉上，他只是一个非常辅助性的人物。他其实比表面上要有内涵得多。他认真但不古板。他友善而温情，所以他会说'呵，呵，呵'。但模糊性也有助于关于他的幻想。人们把他想象成什么，他就是什么，绝不仅仅是画家或摄影师展现出来的那个样子。"

鲍德温强调绿巨人需要留在幻想的背景内。曾有一则广告把他变成真人形象，效果就不好。"真人会摧毁情调和幻想，提醒我们绿巨人是被编造出来的。这种幻想允许人们'相信'一些纯粹靠夸张所不能达到的东西。动画延伸了这种幻想，使观看者从象征而非理性的层次上看待故事。"[1]

8.4 神话人物

我们讨论过的这三类非现实人物中，每一种都有其强调的品质、背景和（或）联想。创造神话人物需要的元素也是相同的，此外还有一样，即观众的理解。

---

[1] 亨特利·鲍德温（Huntley Baldwin），《绿巨人广告：它是什么？为什么是？它怎样变成今天这个样子？》（"Green Giant Advertising, What It Is, Why It Is, and How It Got to Where It Is Today"），李奥贝纳广告公司，1986 年 3 月。

普通故事和神话之间的差异取决于观众如何看待。大多数虚构故事都能从某一方面打动我们，无论它让我们哭、笑还是理解。但即使是大多数好的电影和小说，一旦看完了或读完了，体验便结束了。也许我们有时能记起一个场景或一个人物，但我们不会一直沉浸下去。

然而，当我们读完或看完神话故事，我们会在体验之后进入沉思的过程。故事中的场面和人物挥之不去，萦绕心头。神话故事代表着我们自身生活中的意义。它用故事的形式帮助我们更好地理解我们自身的存在、价值观和渴望。我们中的大部分人在看电影和读小说时，都把个人的经历投射到故事中的人物身上。

有时，神话和神话人物能够鼓舞我们，激励我们，把我们推向一种新的行为和新的理解。从某种意义上说，由于认同英雄或神话人物身上的特质，我们变得更加伟大。

神话故事通常都是英雄故事，包含着英雄的形象。他能够克服征途中的一切障碍，抵达目标或获得财富。作为一种规则，英雄在冒险历程中也发生了转变。随着故事的展开，我们可能会把它看成我们自身的英雄历程。这可能是一个作家为了卖掉剧本或小说而必须克服的重重障碍，也可能是在寻找完整的爱情、工作或生活方式时发生的种种问题。故事中的冒险之旅也会让我们回想起自己寻找生命的意义和价值所在时，经历的内心历程。

很多影片都包含神话元素，比如一个英雄人物在历程中克服障碍，但假如它不能引发观众的反思和认同，它就不再是一个神话故事。考验即在于，观众把什么感情投射到故事中，故事和人物是否能帮助他们从更深层次上理解自身的生活。

例如，在最新的印第安纳·琼斯系列片《圣战奇兵》(*Indiana Jones and the Last Crusade*)中就包含了一个超现实英雄。为了寻找圣杯，他克服了各种障碍。表面上看，由于包含了大多数必要元素，这似乎就是一个神话。

更深入地考察影片的同时，我们不妨问几个与神话有关的问题：印第安纳寻找圣杯的历程和我们实现自身目标的历程有无相似？他的故事是否鼓舞我们面对生活中遇到的障碍？影片是否使我们和自身经历的关系更深一层？

对大多数观众而言，这些问题的答案可能都是不。这么说并不对影片的趣味性和冒险性构成贬低，但确实意味着我们不能把它当成神话来分析。

你也可以对另外一些可以被称为神话的影片问这些问题，例如《外星人》、《第三类接触》(*Close Encounters of the Third Kind*)、《银翼杀手》(*Blade Runner*)、《星球大战》、《机器战警》(*RoboCop*)等。

我们再来看一个人物，广告中最成功的人物之一、被人们看成神话人物的万宝路牛仔。

"在广告中——和大多数小说一样——"智威汤逊广告公司的迈克尔·吉尔说，"你需要进入观众的下意识，万宝路牛仔似乎就做到了。在约瑟夫·坎贝尔对神话的研究中，他提到，只要把男人和马放在一起，那便有了一个'马背上的男人'的神话。通常，这个男人是一个伟大的国王、一个神灵、一个骑士或者一个勇士。说到万宝路牛仔，当然，这个男人就是西部的象征——牛仔。人们尊敬他，并把他偶像化了。当人们抽烟喝酒时，他们不是随便地抽或喝，而是同时联想到一些能让他们自我感觉良好的事物。

"更容易被注意到的人物，是那种很多人喜欢并能将自己与之联系在一起的人物。在万宝路香烟广告中，人物留有胡子、身上有文身，还戴着一顶白帽子。要是换成一顶黑帽子，传达出的意味就不一样了。通常，他会跨在马背上，处在广阔的空间而非城市里——城市是邪恶、莫测和危险的，乡村才是好的。我们还会让他与美丽的环境和美丽的动物处于同一画面中。动物是自由、放任和欢乐的原始符号。新鲜的空气和健康也很重要。于是当他驰骋时，就产生了一种自信的感觉。此外，他要么独处，要么和其他男人在一起，但绝不能和女人在一起——那不是神话的一部分。

进入神话维度在广告中极为罕见，但万宝路牛仔却做得恰到好处。"

大多数万宝路香烟的消费者可能很少出城，甚至连马都没骑过。但他们会把意义投射到万宝路牛仔身上。这个人代表着对新鲜空气和开阔空间的渴望，也代表了他们的自信。

《侠胆雄狮》中的文森特也可以作为例子。他既是幻想人物，也是神话人物。超人可以被看作神话人物。蝙蝠侠似乎也是，蝙蝠侠的故事和人物似乎就影射着我们社会中的黑暗和变态。

古柏－彼得斯娱乐公司（Guber-Peters Entertainment）制作部门的高级副总裁迈克尔·贝斯曼（Michael Besman）解释了蝙蝠侠这个人物的创作过程："蝙蝠侠是个沉默的复仇者，有点像机器战警。布鲁斯·韦恩是个人格分裂的百万富翁。他为父母之死感到困扰，并决定为之复仇。作为富有的继承人，他从小就生活在众人的注目下，这让他很不自在。他被迫去应对压力，被迫和公众交流。但作为蝙蝠侠，他就不必再掩饰，而且可以释放愤怒。布鲁斯·韦恩必须生活在这个世界上，他有身份，而蝙蝠侠则不同。"

从某种意义上，布鲁斯·韦恩必须处理好他的人类身份。他是一个现实人物，却选择成为非现实人物，因为后者更简单、更直接。摆脱了立体性，他就摆脱了难以处理的人性的痛苦。布鲁斯·韦恩创造了蝙蝠侠，其原因就是希望蝙蝠侠当时能够挽救他的父母。

贝斯曼对超人和蝙蝠侠这两个人物做了比较："克拉克·肯特非常清楚自己的秘密身份。来到地球以后，他成长为一个超级英雄的人物。几乎可以说他只是超能力的外延。而蝙蝠侠则散发着痛苦、愤怒和表达的渴望。

"观众对两个人物的反应是不同的。我是个超人漫画的大书迷。我记得，我那时认为'要真有超人该多好啊'。那就像知道上帝存在一样，给人以安全感。我不想成为超人，但我会喜欢跟他玩。然而，蝙蝠侠就辛苦多了。他要经历很多事，情感上的联系也更多。他就和我们一样，比超人少一点魔力。超人纯洁无瑕，而蝙蝠侠则在纯洁无瑕的反面。"

蝙蝠侠的背景也决定了这个人物。在这类漫画英雄中，有些人的背景是非常黑暗的。贝斯曼还说："对哥谭市[①]的呈现是写实的、有力的、黑暗的、心理化的。这种对地点的夸张使观众可以完全理解迫使一个人成为蝙蝠侠的原因。"

最近，有部卖座片刻画了另一个神话人物——歌剧魅影。这个人物象征着受伤、受害的人。詹姆斯·迪尔登在为该片写作剧本时，便遇到了赋予人物神话色彩的问题。"在剧本中，我想做的就是创造一个幽灵。怎样去描写一个遭到可怕毁容、终生在地下洞穴里生活，却有着美丽的灵魂、有着感受爱的能力的人呢？显然，这不是一个真实的人物。一个生活在这种环境里的真实人物一定是恶臭熏天、面目可怖、心理扭曲的。但是，以神话为基础，我们就得到了这个人物。我认为，我们成功地创造了一个与电影语境相协调的、可信的象征人物。这个人物的创造的起点是价值观或概念。这里的概念就是一个被遗弃者，他一方面具有可怕的缺陷，一方面又具有最美丽、最慷慨的灵魂。美女与野兽（Beauty and the Beast）就是这个幽灵的范本。"

神话人物倾向于具有某些特殊品质，这些品质通常都是英雄性的。他们被要求得很多，也有能力面对挑战。随着故事的推进，神话人物会改变，会变得更加强大或智慧。神话人物通常有一个神秘或黑暗的过去。这就是说，幕后故事中的某些部分可以向观众暗示，但不能向观众揭示。

有时，编剧（和人物）知道过去，但故意使之成为秘密。这是因为，往事实在是不堪回首，人物可能无力去处理，不愿去提及。在这种情况下，幕后故事就成为人物的必要组成部分，但因其是神秘的，观众自会对发生过的事做出他们自己的诠释。《原野奇侠》里的肖恩——他部分代表着旧西部的神话——就可以归入这一类人物。

[①] 哥谭市（Gotham City），《蝙蝠侠》的主人公蝙蝠侠所守护的城市。虽然这个城市是虚构的，但这个词同时也是纽约市的别名。——译者注

有时，过去会为人所知或在故事中得到揭示。终生驱使并困扰着蝙蝠侠的可怕事实触及了我们自身对复仇和着魔的理解。

每个时代都创造出新的神话故事帮助我们理解自身的生活。20世纪30年代，查理·卓别林（Charlie Chaplin）在《摩登时代》（*Modern Times*）中表达出很多人对过度工业化社会的不安和无助。而近来，《银翼杀手》向我们展现了持续腐败和人口激增的自然后果。在关于贪婪神话的《华尔街》和关于善、恶、失落的纯真的《野战排》中，奥利弗·斯通也对神话人物进行了探索。《梦幻之地》（*Field of Dreams*）探索了我们对往事、对解答的怀念。《爱之海》（*Sea of Love*）和《致命诱惑》则探索了存在于很多现代爱情关系中的孤独和内在危险。

创造神话人物可能是很困难的。他们既需要人类那样的多重维度，又需要保留一定的神秘感。而且，有时候缺乏具体特征使他们不仅能代表一个人，而且能代表一个概念。他们既有人性的一面，又有象征意义，两者之间不会失衡。

对神话的最终考验在于它是否能与观众的生活产生共鸣。尽管如此，加入某些神话维度可以深化人物并强化故事和观众间的联系。①

在和《百战天龙》的制作人员开的研讨会上，我们讨论到为人物的性格添加神话维度的问题。与会的美国广播公司执行官威廉·坎贝尔三世（William Campbell Ⅲ）认为，为了使麦吉弗具有英雄性，让他保持一定的神秘感是非常重要的，同时，本剧的力量就来自动作、智慧和情感的结合。而我建议探讨一种新的英雄类型，通过神话的观点讨论人物，我们或许可以拓展他的性格以及他和观众之间的关系。

英雄的定义随着时代变化，但这种变化非常缓慢。英雄曾经被定义为勇士、征服者、优胜者，简言之就是行动者。麦吉弗当然是行动者，但他

---

① 可参阅约瑟夫·坎贝尔的《千面英雄》（*Hero of a Thousand Faces*）和《神话的力量》、简·休斯顿（Jean Houston）的《寻找爱人》（*The Search for the Beloved*）以及笔者的《编剧点金术》第6章（其中探讨了神话和电影剧本的关系）。

是另一种不同类型的英雄。他对局面的反应是非暴力和非竞争性的。过去的英雄是蛮荒的征服者，而麦吉弗则要保护地球。过去的英雄是粗俗的个人主义者，而麦吉弗是人道主义者，且具有团队精神。他可以成为当代青年的新英雄。在这个很多年轻人陷于毒品、抑郁症和无力感的时代，麦吉弗代表了反应和行为的转变。

拓展麦吉弗这个人物包括两个不同的方向。如果制作者希望让他更具神话色彩，那么他们可以创造更多关于当代重要问题的故事——从腐败到生态再到基因工程等——以显示这个新英雄如何对这些问题做出反应并找到非暴力的解决方式。

为了增加神话维度，制作者可以利用人物过去某些神秘和悬而未决的东西。这就使观众得以把他们对幕后故事的解读投射到人物身上。

然而，由于麦吉弗有能力传达情感和关怀，人物（和演员）的力量已经达到了很高的程度。此外，他还具有立体性——神话人物很少具有这样的品质。因此，试图把他变成一个经典式的英雄可能就是个错误。麦吉弗是个情感明确的人物，在他的过去中没有真正神秘的东西。

相反，你可以利用他处于科技社会的背景，利用他克服障碍的能力，利用他的某些超现实能力。如果背景和联想得到了拓展，那么观众与他的关系仍然可以用神话来看待，而且这还无损他的人性，无损他立体的品质。

8.5 个案研究:《回到大魔域》

1989年春，我为《大魔域》(*The NeverEnding Story*)的续集《回到大魔域》(*The NeverEnding Story II: The Next Chapter*)做剧本顾问。该片于当年夏天拍摄，预定于1990年秋上映。故事最初开始于现实人物——巴斯蒂安和他的父亲，然后进入了一个名为"幻境"的幻想世界。在那里，我们遇到了很多幻想人物，它们也是非人类人物、象征人物和（或）神话人物。片中的大多数人物可以归入不止一类。

非人类人物有"万博"们、风新娘、熔岩人、"泥疙瘩"、双面的"小伶俐"、巨龙法尔科和噬石者。其中,"万博"们、风新娘、熔岩人、"泥疙瘩"也是象征人物。

编剧卡琳·霍华德(Karin Howard)解释自己是如何创造它们的:"其中一些人物是从书中起源的。'万博'是一些帮忙向城堡进攻的小生物。我构思它们的那个夏天,兰博的海报到处都是。我觉得,既然他们的功能相似,又不能把它们叫成兰博,干脆给它们取名'万博'好了。我想到了军队的一些特征,例如噪声和尘土。于是,这些小生物只凭弄出噪声和尘土便可以造成战斗的幻象。

"那些来自'密谋之船'的人物——土、空气、风和熔岩纯粹是为了做说明而被创造出来的。在第一部中,有一个长者在执行这一功能。但我觉得一个长者太哲学化、太啰唆了,我需要更视觉化的表达。这些信使把情况解释给巴斯蒂安听。我选用了土、风、火的概念,但把它们变成了土之生物、风之生物和火之生物。为了拓展它们的性格,我给它们起了名字。一旦我起好了名字,我便又根据这些名字进行联想。'乐器生物'的声音有些尖利,有些像老处女,于是我就把它变成了'乐器老处女',代表声音。'泥疙瘩'显然是喉音很重的,它代表土。而熔岩人就代表火,风新娘就代表风。

"在书中,有一段描述了'小伶俐'——它们是和兔子颇为相似的信使。这些生物在'幻境'的世界里是跑得最快的。我选用了这个概念,创造出一个穿着跑鞋、戴着棒球帽的人物。我又想到,如果他跑得很快,那么停下时他就可能会很笨拙,说不定会栽跟头。我还赋予他一个功能——为女巫服务,也许算是个间谍。然后,我又想到了一个词——变节者。这样,制作部门就必须创造出一个实体化的人物以传达'变节者'的概念。我们让他成为一种可以翻转羽毛的生物。跟女巫在一起时,他叠起羽毛,显示坏的一面;跟巴斯蒂安和阿泰尤(好人)在一起时,他亮出羽毛,显示好的一面。

"'小伶俐'和那个三张脸的、严谨的科学家一起工作。科学家的愿望就是成为完美的工具。他既是疯狂的技师，又是科学怪人，又是老女王之城的守门人。

"最初，我赋予他一个树脂的身体，纵横于他体内的各种管子清晰可见。如此一来，他就不只是个机器人了。现在的他更像一个身穿白大褂、长着三只眼的魔法师。

"在第一部中，我最喜欢的人物是噬石者。它是一种长着小眼睛和滑稽脑袋的笨重生物，以岩石为食。在讨论会上，我们还想出了它的婴儿形式——小噬石者。在第一部中，'幻境'受到了'子虚'的威胁，而第二部中，又受到了'乌有'的威胁。因此，'幻境'中的岩石都没有了，小噬石者只好挨饿。可见，噬石者的功能就是深化'空虚'的主题。

"巨龙法尔科在第一部中已经得到了非常好的定义。它是导演和发行人员的最爱。法尔科是最亲切的人物、最友好的朋友。它对人性有美好的理解，还很有幽默感。正是由于它理解人性的弱点，所以总是以积极的观点看待人。"

这些非人类人物各有其功能。"小伶俐"和"万博"们有故事功能。元素生物起到了说明的作用，而噬石者深化了主题。

影片中也有很多人类人物。巴斯蒂安和他父亲是从地球来的，还有些幻想人物是从"幻境"来的。巴斯蒂安和幻想人物扎伊德女巫、天真女皇、幻境勇士阿泰尤都是神话人物，在从"乌有"手中拯救"幻境"的历程中，他们各有其作用。

卡琳还说："巴斯蒂安是个人类人物。因此，他也是最具自由意志、最不可预知的人物。他既可以做出完全错误的选择，也可以做出完全正确的选择。他和他父亲是最立体的人物。

"幻境勇士阿泰尤是个麻烦——他太乏味了，太'老好人'了。在书中，阿泰尤有点嫉妒巴斯蒂安。但在电影中，制片人觉得这个男孩应该有个伙伴。出于这个考虑，我们削弱了嫉妒。他们之间的关系只是小插曲，对影片不具支配力。

"我想让女巫扎伊德性感一点。我要让她成为非常任性、非常时髦的女人。我让她在王座室中唱歌，让她踢掉鞋子，让她在不如意时烦躁。而天真女皇则是个老好人，所以性感的扎伊德女巫最后会说'我受够了，该我出风头了。我要接管幻境，以神的名义起誓，我一定要这么干'。当她的坦克和巨人出了故障时，她只有发疯。通过故障，我制造了很多笑点。扎伊德就是'空虚'的代表，就是对故事和幻想构成阻力的人物。

"天真女皇是另一个重要的幻想人物。在她身上，我花的时间最少。这是因为在第一部中，她已经得到了清晰的定义，而且在这一部里只有一个拍摄日的戏份。她是个声音动听、外表美丽的年轻女孩——好得无法用语言描述。所以你只需要写些好听的话让她说就行了。她不知道什么是善，什么是恶。一切对她都是平等的，她也不作评判。在德语中，我们可以说她 kitschig（俗气），这个词对她很合适。"

课后实践

运　用

如果你的剧本包含非现实人物，问自己以下问题：

- 这一人物传达着什么概念？
- 这一概念会让人产生什么联想？我是否考虑过这些联想，确保它们与我想创造的人物相符？
- 人物的背景是什么？改变或拓展这一背景是否有助于强化这一人物？
- 这一人物是否与观众经历的普遍性相联系？如果我的人物是神话人物，我有无从神话的各个维度进行过探索以确保人物条理清晰？

小　结

　　非现实人物取决于四个不同的标准：他们在多大程度上体现了一种理念？背景如何定义人物？人物带给观众什么联想？人物是否有助于观众理解自身生活和个人经历的意义？

　　非现实人物在小说和故事中（《黑美人》、格林童话、安徒生童话、《夏洛特的网》），在电影中［《外星人》、《金刚》（*King Kong*）、《第三类接触*》］，在电视剧中（"阿尔夫""灵犬莱西""任丁丁"）中都取得了成功。最近，《蝙蝠侠》、《超人》、《福星与福将》（*Turner & Hooch*）、《歌剧魅影》的票房纪录已经创造出更大的市场，也对有能力写作非现实人物的编剧产生更大需求。

第 9 章
超越刻板描写

虚构可以是有力的。虚构人物有着从各个层次上影响我们生活的潜力。他们可以鼓舞我们，激发我们的行动，帮助我们理解自身和他人，拓展我们对人性的认识，甚至成为我们的楷模，指引我们对生活做出新的决定。

然而，人物既有积极影响，也有消极影响。强有力的证据显示，犯罪行为有时就是电视剧的翻版。很多研究断言，电视中的暴力内容和儿童及成人的暴力行为间存在联系。此外，还有证据显示，刻板描写会导致观众对某个群体的人产生负面印象。因此，当编剧创造人物时，理解刻板描写（stereotyping）和打破刻板形象（stereotype）是非常必要的。

我们可以把刻板形象定义为"用一系列相同的、狭隘的设定对一个人群进行持续性描绘形成的形象"。刻板形象是负面的。它显示出一种文化对自身的特性怀有偏袒的态度，并对其他文化中的人物进行具有局限性的——有时是非人的——描绘。

那么谁会成为刻板形象呢？任何与我们不同的人、任何我们不理解的人都会。如果你是个白人编剧，那么刻板形象就可能会针对黑人、亚裔、西班牙裔和美洲原住民等少数族裔；反之，如果你是个少数族裔编剧，那么刻板形象就可能针对白人。有生理缺陷的人会被描绘为刻板形象。此外具有智力障碍、情感困扰和精神疾病的人也会被描绘为刻板形象。

有宗教信仰的人群会成为刻板形象，无论他们是穆斯林、天主教徒、犹太教徒、正统基督教徒、主流新教徒、印度教徒还是佛教徒。

对立的性别也会成为刻板形象，无论是男性还是女性。与我们有不同性取向的人会成为刻板形象——男同性恋、女同性恋，有时还有异性恋。

比我们更老的老人，比我们更年幼的小孩，经常会被刻画成刻板形象，还有那些来自不同文化环境的人。

刻板形象因不同的人群而异。女人和少数族裔经常被描绘成受害者。特别需要指出的是，在很多影片中，他们是可以被牺牲掉的。他们要么第一个死掉，要么需要白人男性去拯救。

有缺陷的人经常被描绘成"残疾得可怕"，身体的畸形象征着灵魂的畸形。他们还可能被描绘成可怜的受害者或是"残疾超人"。这个词有时被人们用来指称那些以奇迹般的方式克服了自身缺陷，进而创下丰功伟绩的"男超人"和"女超人"。

黑人经常会被描绘为滑稽的人物，成为笑柄或是罪犯。亚裔女性则经常被描绘成具有异域风情的色情对象。亚裔男性通常会成为没有思想的乌合之众，但有时也会成为少数族裔的楷模——家境富裕、举止规范。后者尽管并不是负面的形象，但也有其局限和庸俗之处——它没有认识到亚裔也被影响着其他族群的问题所影响。

想想看，美洲原住民多么经常地被人描绘成嗜血的野人、酒鬼或是胆小的暴徒；西班牙裔多么经常地被描绘成黑帮或匪帮的成员，或者正如路易斯·巴尔德斯所说："这种假想就是，西班牙裔的故事只能发生在西南部，发生在土砖墙后，发生在铁皮屋顶下。"[1]

---

[1] 路易斯·巴尔德斯（Luis Valdez）引述自对克劳迪娅·彭（Claudia Peng）的采访。原文见《拉丁裔作家联合反刻板印象》（"Latino Writers Form Group to Fight Stereotypes"），载于《洛杉矶时报月历专刊》（*The Los Angeles Times Calendar*），1989年8月10日号。

即使白人男性也难逃刻板形象。一个男性是沉默坚强还是男子气十足，刻板形象都格外强调他作为动作英雄的一面，而拒绝如实地刻画各种各样真实男人的形象。作为家庭主夫、按摩师和教师的男性会感到自己对社会的贡献遭到了贬低。思考型的男性和有同情心的男性也很少看到能够反映他们实际情况的男性形象。

大多数社会群体，从金发女秘书到篮球运动员，从英裔新教徒到越战老兵再到律师，都不时地遭到同一种庸俗的描绘。这其实正是出于我们把复杂事物简单化的一种欲望本性，因此很少有哪个群体能够免俗。在这一点上，我们都一样。

人物类型和刻板形象不是一回事。苍老昏聩的父亲或吹嘘自大的士兵都是人物类型而非刻板形象。这是因为，其中的描绘借助其他的父亲和士兵形象取得了平衡。读者和观众不会因这一形象得出"所有的父亲都是苍老昏聩的"或"所有的士兵都是吹嘘自大的"的结论。人物类型并不会暗示特定群体（例如父亲）中的所有人都具有同样的品质（例如苍老昏聩），而刻板形象就会。

9.1 脱离刻板形象

尽管很多编剧的出发点是好的，但在虚构人物中，白人还是占据了支配地位，而且现实未能得到如实的描绘。美国的人口中包括 12% 的黑人、8.2% 的西班牙裔、2.1% 的亚裔和 2% 的美洲原住民。此外，全国总计有 20% 的人处于残障状况中。但大多数作品描绘的却是截然不同的现实。

在一份对电视剧的分析报告中，美国人权委员会发现，尽管美国人口中只有 39.9% 是白人男性，但在电视剧中，白人男性人物的比例却高达 62.2%。

同时，美国人口中包含着 41.6% 的白人女性和 9.6% 的少数族裔女性。然而，电视剧却极大地忽视了她们。这份分析报告指出，在所有电视剧人物中，只有 24.1% 是白人女性，而少数族裔女性更是只有 3.6%。①

在一个 95% 的女性都走出家门进入职场的国家里，"居家女人"的刻板形象已经不再真实了。在一个 40% 的神学院和法学院学生是女性的国家里，电影和电视中只是偶尔才会出现女律师、女法官或女官员，这是一种歪曲。在一个女人能做飞行员、技师、电话修理员甚至拉比②的国家里，对社会的如实描绘应该表现出担任这些职位的女性人物。只把白人男性当成理想人物便会忽视我们文化中人的多样性。

这些数据有助于编剧决定把何种人物添加到故事中。尽管社会中，每座城市的社会构成都有所差别，但这仍然是一个好的起点。如果要在故事中真实地表现旧金山，那么你就有必要提高亚裔和同性恋人物的比例。如果你在写一个以洛杉矶为背景的故事，那么西班牙裔人物的数量就会多一些。如果故事设定在底特律或亚特兰大，那么黑人的比例会更大。

摆脱刻板写作意味着我们要训练自己的眼光不仅限于白人。而创造人物一定程度上是对我们观察力的再训练。在任何设定中，我们都习惯于首先注意那些占多数的人群。例如，如果你在 20 世纪 50 年代造访我的家乡——威斯康星州佩什蒂戈镇（人口 2504 人），你就很容易得出一种俗套，即一个安静的中产阶级白人社区，新教徒和天主教徒各占一半，还有极少数不去教堂的居民。

如果你做更细致的观察，你就会发现社区中的差异性。在那个时代，佩什蒂戈镇上还有一个开五金店的犹太家庭、一个战后移居来的拉脱维亚家庭。在夏天，还有些墨西哥人来到镇上，为附近的泡菜厂挑拣黄瓜。有个来自附近保留地的梅诺米尼印第安人偶尔会到我父亲的药店买东西。有个小个子会照顾孩子们放学时过马路。有个五年级女孩患有精神障碍，有个八年级女孩因癌症失去了一条胳膊。此外，还有四家人非常富裕，有三

---

① 数据引自华盛顿的美国人权委员会（United States Commission on Civil Rights）的报告《片场中的虚假》（*Window Dressing on the Set*），1979 年，第 9 页。
② 犹太神职人员。——译者注

家人非常贫穷。

几年以后，如果你再看看这个看似平静、看似什么也没发生的城镇，你就会发现有些细节打破了刻板印象：三个劫匪抢劫了镇上的州立银行并于六小时后被捕（他们竟然走进了镇上唯一的死胡同）。越战期间，有位反战牧师不顾会众的不悦，在镇上领导了一次地方性抗议游行。最近几年中，还有三个人成为全国闻名的人物：在邻镇上有第二处住所的F.李·贝利律师，与越南梅莱事件[①]有关的梅迪纳中士，还有雇用兵尤金·哈森弗斯。

在对佩什蒂戈镇的描述中，你可能已经注意到了：很多人是不能仅用他们的种族（犹太家庭、新教徒）或身份（商店主、反战分子）定义的。

作为起点，考察自身背景中的差异性可以使你确认已经做过的普遍研究。任何来自你自身生活背景的人都可以成为少数族裔人物的优秀原型。

为长篇或短篇小说添加少数族裔人物相对容易一些——你只需把他们写进去就行了。但对剧本写作而言，加入一个印度裔医生或一个韩裔修理工在选角时就面临抉择了，问题会很复杂——选角导演和制片人不会经常考虑到在故事中加入少数族裔。但编剧仍有可以做的事。

电视剧《警花拍档》的前总监制和首席编剧雪莉·利斯特（Shelley List）说："我很关心少数族裔的呈现方式，因此我写作时通常会加入少数族裔。我既不写得太笼统，也不完全靠选角导演实现多样性。我会注明学校里的学生既有亚裔，也有黑人和白人。我还会提到西班牙裔法官、黑人工程师或亚裔新闻女主播。电视台通常不会提出质疑，甚至不会注意。当剧本送到选角导演手中，他只要遵循明确的指示就行了。"

很多评论都为最近几年少数族裔的演员开始出演那些并非专为少数族裔而写的人物喝彩。这些人物本来可以是由白人男性饰演的，例如：艾

[①] 梅莱事件（My Lai Incident），1968年3月，美军在梅莱镇对数百名越南停虏和平民进行了强奸、虐待和屠杀。——译者注

迪·墨菲（Eddie Murphy）在《比佛利山警探》（*Beverly Hills Cop*）中的人物本来是给西尔维斯特·史泰龙写的；《军官与绅士》（*An Officer and a Gentleman*）中小路易斯·戈塞特（Louis Gossett Jr.）的人物本来应由白人饰演。《异形》（*Alien*）中西格妮·韦弗（Sigourney Weaver）饰演的那个人物本来是个男性。乌比·戈德堡（Whoopi Goldberg）最近的人物也都不是专门为少数族裔而写的，其中一些甚至不是为女性而写的。在这些人物中，演员自身的文化背景为人物添加了某些特殊的东西，而人物本身也并不由性别、文化和种族定义。

大部分少数族裔的人喜欢被这样呈现在电影、电视剧里，而不是非裔演员只演黑人人物，或者残疾演员扮演残障人物。

练习：设想创造一个场景，它位于美国大城市中的一间旅馆内，其中的人形形色色。你会创造什么样的黑人人物？什么样的西班牙裔人物？什么样的残障人物？这些人各有什么职业？性别、年龄、信仰如何？

9.2 如何使这些人物变得立体？

要写一个来自其他文化背景的人物，首先应该使其成为一个完整的人，使其具有完整的情感、态度和行动范围。其次，要理解特定文化对人物性格的影响。正如你创造的其他人物一样，一个来自其他文化的人物既要和你自己相同，又要和你自己不同。

摆脱刻板印象要求编剧进行一定量的特别研究。有时，编剧近年来得到的知识也会跟不上当前的形势。男人、女人、残障人士和少数族裔都在随着时代进步，并且在社会中主张各自的权利。从你正在写的群体中获得经验和建议是非常重要的。有很多组织诸如美国全国有色人种协进会（NAACP）、Nosotros（一个西班牙裔社团）、同性恋艺术家联盟（Alliance for Gay and Lesbian Artists）、亚太裔美国人协会（Asian-Pacific Americans）、加州州长残障人士就业委员会（California Governor's Committee for the Employment of Disabled Persons）等，都可以为你提供解答和建议，并为你故事中的描写提供咨询服务。

你也可以让少数族裔者阅读你的剧本或小说，以征求他们对其中描写的意见。对一个女编剧而言，让一个男性阅读你的剧本素材是很有帮助的。而男性编剧也可以找女性读他们的故事。人物的细节是非常微妙的，为了创造完全的真实，经常需要能够从内部理解人物的人去厘清它们。

几个月前，威廉·凯利（《证人》的编剧）打电话向我询问他正在创作的一个信教的人物。由于他知道我是个贵格会教徒，所以希望向我明确一个女性贵格会人物的细节。他提出的问题显示出他做过很多研究，而且非常敏锐。接着，他又给我读了一段为这个人物而写的祷文。我告诉他："你写的是个卫理公会教徒，而不是贵格会教徒。"我们的谈话明确了他笔下人物的方向，也厘清了祷文这一重要细节。

练习：设想你在写作一个葬礼场景。如果这个葬礼和你自身的文化背景相异，它会是什么样？想想看你曾经参加过的其他文化背景的葬礼。其中有什么变化？你怎样寻找犹太葬礼、南部黑人葬礼和贵格会悼念仪式之间的差异？

再想想你参加过的婚礼。其中有什么差异？这些各式各样的婚礼如何表达出新郎和新娘的文化背景？

9.3 个案研究："电影中的女性"卢米纳斯奖

意识到刻板形象造成的危害，很多群体发出了日益响亮的声音，要求媒体对女性和少数族裔做出更真实的描写。

1983年，为了改变媒体中对女性的描写方式，一个名为"电影中的女性"（Women in Film）的国际组织设立了一个奖项——卢米纳斯奖（Luminas Awards），以回报那些对女性给予了积极的、非刻板描写的影片。作为委员会的主席，我设定了一些标准，以帮助我们辨认刻板描写和积极描写的女性人物。

这些标准也可供编剧、制片人和导演用以打破任何浮现在人物中的刻板形象。

这些标准原来共有八个。在这一个案研究中，我只着眼于其中的五个，它们对于塑造女性和少数族裔人物是最具实用性的（全部的八个标准见本书附录）。

非刻板人物是多维的。

刻板人物通常都是单维的。他们或性感，或暴戾，或贪婪，或专制。立体的人物包含着价值观、情感、态度和矛盾性。打破刻板形象就意味着使人物人性化，显示其深度和宽度。

非刻板人物可以看出社会、个人角色和背景的多样性。

刻板人物经常是用有限的角色和背景定义的。一个女人可能只被看作老板的妻子、母亲、秘书或副总裁。立体的人物则扮演着多重角色，存在于多重背景之中。他们不能被限制。他们既是个体，又是处于关系中的人，是各自文化、职业、地域和历史的产物。添加其他的角色和背景将会拓展人物并打破刻板形象。

非刻板人物大范围地反映着当今社会中不同人的年龄、种族、社会经济阶层、生理外观和职业状况。

为了打破刻板形象，故事需要更加真实地描绘社会的特征。在电视中，大多数女性都是年轻、美丽、富有的，这是对年过四十的女性的重要贡献的忽视，也是对女性挣钱比男性少的现状的掩饰。在大多数故事中，少数族裔被贬低得只能从事少数几种职业并处于较低的社会经济阶层中，这是对他们影响力和贡献的歪曲。理解并如实地反映统计学意义上的社会现状，将会丰富你故事的色彩。

非刻板人物通过态度、行为、内在目的驱动着故事，进而影响结局。

刻板人物经常是被动而非主动的。他们被故事所控制，并成为故事中那些更有权力的人物的牺牲品。相反，立体的人物则是被内在支配的，而非被外在支配的。他们会影响故事，驱动行动，改变结局。赋予人物目的性将会使他们得到强化，使他们从牺牲品变为对故事施加有力影响的人物。

非刻板人物反映着自身的文化，为我们提供了新的认识并因其背景的影响力而成为新的楷模。

很多刻板人物都是千篇一律的。尽管各自的背景决定了各自的观念，他们却和白人男性有着相同的举动。很多情况下，女人和少数族裔者会对一个问题产生不同的态度，会对如何解决它提出不同的想法，或者就如何回应给予不同的建议。在一个情境下，这种新的倾向可以添加创造性的细节，为你的故事提供不寻常的转折。这是你靠单一文化背景中的几个人物无法实现的转折。打破刻板形象就意味着要认识到，来自其他文化背景的人也能做出贡献。通过对其贡献的评价，来自不同文化背景的人物将会为你的故事增加色彩、质感和独特性。

第一届卢米纳斯奖于1986年颁发。在写作本书的过程中，出于在将来重设奖项的考虑，该奖暂时停止颁发。但是，这些标准依然可以被业内人士用于创造各自的人物。

课后实践

运 用

想想你认识的非裔、西班牙裔、亚裔人士或美洲原住民。再想想媒体是怎么呈现他们的,这和你自己的认识有何不同。这些族群中有没有你从未见过的?关于这些人,你认为哪些认识是正确的?尝试去寻找真相,当你在故事中写到某一族群时更要如此。

把个案研究中的那些标准用于分析最近看过的影片。每部影片的薄弱和有力之处各在哪里?在不损害故事的前提下,可以做哪些改进?

想想你的家乡。在你熟知的人当中有无差异性?有没有来自其他文化的人是你未曾接触过的?你本身对这些人有无偏见(刻板印象)?你怎样打破它?

想想你剧本中人物的背景。你曾否探索过特定地域内的差异性?为了做出精确的描绘,你是否还需要进一步研究?你是否认识少数群体中的成员,他们能阅读你的剧本,并给予你有助于人物进一步立体化的建议?

小 结

打破刻板印象不是靠写作者自己就能完成的。前文提到过的各个组织团体都有些能深化写作者对少数群体人物理解的印刷材料。他们中的大多数还提供了写作者可以利用的其他资源,比如为剧本中的描写提供咨询。

添加对女性和少数族裔者的积极描写不仅能拓展故事的色彩,也有助于创造出更有力、更清晰、更立体的人物。

第 10 章
解决人物的难题

　　写作者们会遇到困难，人物们也会遇到困难。有时候，灵感就是不来。有时候，人物似乎哪里也不肯去。所有这些基本问题——人物需要什么？这个人物是什么人？他或她在故事中做什么？——都似乎得不到任何解答。对某些作者而言，这样的时刻令他们愁眉不展。而另一些作者只把这当成创作过程的一部分看待。

　　有时，作者们在人物上卡住只是由于过于操劳和疲倦导致了头脑不能正常运转。

　　有时，人物问题的产生是由于研究做得不够。如果不理解人物的背景，那么他们就不会奏效。

　　还有些问题是由于创作者们把过多时间用于写作而停止了生活。卡尔·索泰说："你必须尝试去生活。你必须意识到自己不只是个创作者，意识到外面还存在着一个世界。如果你不进入这个世界，你就会错过正在发生的事情，你的写作能力也就发挥不出来。"

　　人物问题是再平常不过的事，每个创作者都遇到过。通常，问题可以被分为如下几类：

10.1 人物不可爱的问题

当朱迪丝·盖斯特写《普通人》时，她在理解贝丝这个人物上遇到了困难。她说："在定义情节和驱动故事上，贝丝是很有效的。但我作为创作者看来，她却是一个失败的人物。很多人都对我说'我讨厌她'。作为一名作家，这是我自己的失误，因为我的本意不是让人们讨厌她，尽管在开始写作时我的确讨厌过她。我曾经因为康拉德的遭遇而责怪她。但写得越多，情况对我来说就越复杂，我就越少去责怪她。由于害怕发现自己对她的内心活动知之甚少，我决定不去进入她的头脑。同时，我告诉我的朋友和伙伴、小说家丽贝卡·希尔（Rebecca Hill），说自己无法进入这个人物。她回答说：'我告诉你为什么吧。因为你讨厌她，所以她不肯向你揭示她自身。'

"有时，作家不理解人物是由于他们讨厌自己的某一部分，而这正是人物的一部分。我觉得，进入这一部分并去感受它有助于你处理人物。我的确认为，我们所有人都有残酷、愚蠢、任性的一面。人物身上所有你不喜欢的特点，就是你试图在自己身上纠正和压抑的特点，就是你假想自己身上不存在的特点。而当你在别人身上看到它们时，你就会怒火中烧。所以，我觉得接受你自己的这些特点或许是个办法。你甚至可以去爱它们，因为它们是你自己的一部分。"

罗伯特·本顿赞同道："有些人物是我必须写又不能写的，因为我不喜欢他们。于是，我觉得必须去寻找其他人物。然而，这样就经常会写出一个根本不该存在的人物。这种解决方式从来都是无效的。"

如果一个人物反映了你自身的阴影面，他或她就很难讨你喜欢。然而，理解并接受自身的心理会使你更有能力去写作那些你认为是负面的人物。

10.2 理解人物的问题

作家经常无法认清他们笔下的人物。无论做多少工作，人物还是在回避他们。弗兰克·皮尔逊建议通过创造剧本之外的场景了解他们："也许，你对人物以及彼此间的关系了解不够……有一种处理方法是，把这些人物放进和剧本完全无关的场景中，例如：其中一人点了午餐但又把它退回到厨房里，其他人则为此人的行为感到尴尬。他们会如何谈论此事？如何争论乃至争吵？在雨中的圣莫尼卡高速公路上，这些人物会如何更换轮胎？在午夜的底特律，他们如何把一百块钱换成零钱？这种方式比几乎任何其他方式都更有助于你了解人物。"[1]

10.3 人物模糊的问题

人物和现实中的人一样，是唯一的、细致的、独特的。有时，人物不奏效是由于他们过于笼统和模糊。

罗伯特·本顿说："如果写得不仔细，我就会发现人物是笼统的而非独特的。这就是说，他们仅仅是出于情节的需要产生的。而如果人物写得好，他们就会对情节产生影响并迫使情节去适应他们。他们不是情节的工具，也不是你传达某种道德观念的工具。有时，我使人物变得过于单调；有时，我让他们评论自己；有时，我把他们变成了抽象的概念。如果这些情况发生了，我就抛弃他们，并从头再做构思。我尝试最多的就是寻找一个认识的人作为人物的原型。如果你选择了一个熟识的人，那么你必定对他有所认识。而假如基于电影人物，基于来自其他影片中的人物，我写起来就会很困难。如果我尝试写一个约翰·韦恩（John Wayne）式的人物——例如《赤胆屠龙》（Rio Bravo）中那个，那人物就绝不会鲜活生动。我试过很多次，但只有当我把现实人物和虚构人物叠加在一起时，才会成功。我反复使用某些人——用他们的不同方面。我在很多剧本里以二十多种不同方式用我妻子做过原型。

---

[1] 弗兰克·皮尔逊，《赋予你的剧本节奏和速度》，载于《好莱坞编剧》，1986年9月，第4页。

"在拍摄《克莱默夫妇》(Kramer vs. Kramer)期间，达斯汀·霍夫曼教会我一件有关写作的事，即'每个人物在每个时刻都是特别的'。在我们一起创作这部影片的过程中，他真的让我认识到，'人物在任何时刻都不能是笼统的，他必须有明确而精准的表现'。"

10.4 商业性的问题

大多数美国的制片人和演员都想要招人喜欢的正面人物。这就会给人物塑造带来问题，尤其是当编剧已经写出了一个各方面都很到位、十分迷人却负面的人物，这个人物在美国市场行不通。

库尔特·吕德克说："我正在写的一个人物就出现了问题，但我不是在写这个人物上受阻了。我很了解这个人物，可能太了解了。我遇到的问题在于他不是一个商业电影主角。如果我不用担心这个问题，我大可在这个人物上做点有意思的文章。但编剧的工作就是要写出一个五百万观众愿意追随的人物。"

在这种情况下，创作者可能需要重新构思人物，加入一些正面的品质以平衡其缺点。

10.5 辅助人物的问题

有时，辅助人物"接管"了故事。对此，创作者们有两种不同的观点。戴尔·沃瑟曼说："这是个麻烦。如果辅助人物喧宾夺主，我就会认为故事的想法或结构出了问题。我没有透彻地考虑过这个问题，但这经常发生。通常，它说明你是在拼凑而非构建故事。在拼凑的过程中，人物失去了平衡，没有恰如其分地为故事服务。"

然而，有时这也有好处。罗伯特·本顿说："在《心田深处》中，艾德纳·斯伯丁接管了故事。本来，这个故事是关于得克萨斯州的走私犯的。艾德纳作为一个次要人物进入了影片，并把其他人都推出去了。在写作中，我最喜欢的就是人物接管故事。我不喜欢拖着人物走，这意味着我做错了什么。有时，让人物接管故事是最好不过的事。"

有的人物过于顺从了。他似乎成了创作者的提线木偶，他没有跟其他人物一起进入一种有活力的关系，也没有在故事中表达出自己的观点。

雪莉·洛文科普夫说："对初学写作的人而言，要做的一件事是让自己退后并为人物留出故事中拓展的空间。有时，让人物获得自己的生命对产生张力和悬念是十分关键的。"

10.6 故事的问题 VS 人物的问题

有时，人物不生动是由于故事出了问题而非人物出了问题。库尔特·吕德克解释道："当人物真的出了问题，我首先想到的不是修补他而是甩掉他。如果你试图修补他，你总可以做些什么使之有趣。但是，这么做非常刻意。为他们想出一种行为举止、一个习惯动作、一段往事、一种穿着打扮或风格并不困难。我不否认，作为一种娱乐形式，它有一定的效果，但它会令我感到不安。我认为，与另写一个有生命的也更有趣的人物相比，这种权宜之计有点廉价。我宁可甩掉一个拒绝生动的人物，并寻找另一个愿意生动的人物。

"也许，某个特定的故事原因使你不能甩掉这个人物。但是，故事是可以改变的。如果人物不生动，那么就要从故事的角度去看待——可能有些故事瑕疵是你未曾发现的。如果这个人物必不可少，如果故事也是正确的，那么他凭什么不肯生动起来呢？可见，这必定是故事出了问题，而非人物有了瑕疵。我猜想，如果你正在推动着情节，你就需要一个人进入故事，做出扭转，然后离开。可能你觉得这是个不错的故事手段。但假如它不奏效，我宁可先去考察故事。

"如果我出于故事原因不能删除这个人物，那么我接着会想到，这是一个依赖于失效人物的脆弱故事。问题看似是人物方面的，实则是故事方面的。"

10.7 突破的技巧

人物问题是可以解决的。老练的编剧们有些技巧可以帮助我们突破人物的障碍。

盖尔·斯通说："有时候，一种名为'自由写作'的技巧会有帮助。基本上，这就是说，写任何你认识的人，写任何你想象的人，写任何你看到的场景，甚至只是描绘窗外的景色。这经常有助于你把头脑中的想法和情节、故事、人物问题上的解决方式联系起来。"

雪莉·洛文科普夫说："当我卡住时，我会考察主要人物的秘密行程。发现秘密行程有助于我再次理解人物。"

库尔特·吕德克说："如果你在一个人物上卡住了，那么找别人读一下这几页。他们会说'我不理解他或她为什么这样，为什么这么做'。这会刺激你的想象，把你从自己的观点中'敲'出去。

"如果问题一直出现，那你就问一会儿'如果'。'如果这个人没有左脚呢？''如果这个角色十五岁时发生过一些事情呢？'

"如果你的主要人物不生动，那么你就真的有问题了。如果你的次要人物有问题，那么修改就容易得多。你可以研究它，或者寻找另一个能够在故事中做相同的事的人物。

"如果我只用一种方法修改主要或次要人物，我就会试试'性别转换'。考虑'假如德韦恩是苏茜'经常会使很多事豁然开朗，使人物产生一系列新的态度和新的兴奋点。这是因为，你对待男人和女人时必然存在偏见和双重标准。"

卡琳·霍华德说："有时，你只是有了一个名字，但什么也没发生。我认为，名字是很重要的。很多名字能带来联想。取个带有正确联想的正确名字能够使人物生动起来。"

詹姆斯·迪尔登说："如果我卡住了，我会和我妻子谈谈。把问题暴露出来，推敲它，谈透它。这就是伟大作家离不开伟大编辑的原因。他们把手稿交给编辑，后者给出评论、提示和建议。这并不意味着作家不了解自己的工作，这只意味着他们只见树木，不见森林。"

透视人物问题有助于编剧们认识到"没必要被它压垮"。在创作过程中，人物出问题是很自然的事。这是人物们和编剧们寻找自我之路上的一部分。

10.8 个案研究：《走出非洲》中的丹尼斯·芬奇-哈顿

偶尔，有些人物问题从未得到编剧的解决，即使最好的编剧也会如此。也许可以说，基于真实人物的写作尤其困难。有时，对此人的研究缺乏充足的材料；有时，剧中缺乏冲突或没有足够清晰的欲望和目标使此人成为一个有效的戏剧人物。对此类问题的解决将会持续困惑着编剧，无论他或她的技巧有多么高超。

1986年，《走出非洲》赢得了奥斯卡最佳改编剧本、最佳导演、最佳影片等奖项。然而，还是有很多评论家感到剧本在使丹尼斯·芬奇-哈顿这个人物现实化方面存在瑕疵。编剧库尔特·吕德克对此表示赞同。

考虑到库尔特在解决问题上有充分思考并对人物创造过程感慨良多，我决定采用芬奇-哈顿作为个案研究的例子。

库尔特·吕德克说："我们从未解决掉丹尼斯的问题。研究没有帮助。他真是一个刻意保持神秘、不可捉摸的人。他不希望被人了解，也采取了确实的举动避免被人了解。他要求朋友们读完他的来信便将其烧毁，借此掩盖自己的行踪。人们描述说，他就像一只非洲山猫——这是一种与豹子类似的动物，只出于非常特别的原因才会活动。即使当地人也不了解他。因此，我无法从他身上得到任何戏剧性的东西。关于他我了解到的一切似乎都是消极的，而且我也找不到使消极信息变得积极的好办法。这是一种非常奇怪的写作问题。我认为真相就是，他的要求非常少，也不希望自己被任何欲望所控制。他严格要求自己'无欲无求'。但我却想不出有趣的方法能让'无欲无求'戏剧化。

"我认为，如果我放宽一点，抛弃某些关于芬奇-哈顿的真相，我就能写出这么一个人物——他会说，'我不关心你怎么想，一点也不关心。这个国家缺少的是女人。我爱你只是因为你有着非常美丽的皮肤，我要的只是这个'。我可以写一个具有一系列特定态度的人物，他会显得积极一点，也能给演员找点儿事做。

"但是，作为一名编剧，我认为让真实人物说假话是很难的。我存在道德规范的困惑。这么做会让我感到有负担。毕竟，我是在处理真实的素材，而我又碰巧很关心这个文学形象。我不敢设想在这上面作弊。如果真要这么做，我们可能就不会给它起名为《走出非洲》，我们会把女主改名叫雪莉，把男主改名叫比尔。我不认为可以无所顾忌地改编《走出非洲》。如果要编，那就真的去编。"

要使一个人物本质上具有戏剧性，他就必须具备很多品质，其中之一就是目的性。"这个人物要什么？"是很多制片人和执行制片人会问的问题。但对丹尼斯而言，答案似乎是"什么也不要"。

库尔特又说："我并不了解一个真实的芬奇-哈顿，但仅凭我知道的那一点，我怀疑并相信，他是一个很有忍耐力的人，而且不会向那些拥有他需要的东西的人索取太多。在本质上，他是一个非戏剧性的人。芬奇-哈顿之所以有趣，是由于卡伦使他变得有趣。她的欲望、需求、动机和状况使他变得有趣。实际情况是，如果我们愿意虚构，那么芬奇-哈顿这个人物可能并不适合与卡伦·布利克森配对。如果局限于真实，布罗尔要有趣得多，我可以整部影片都写他和卡伦的婚姻。"

但是，影片是着眼于爱情故事的。于是，库尔特试图用其他方法定义丹尼斯。

"我们假设他由于过于自制出现了问题。影片中有一个虚构的但并非矛盾的场景就符合这种假设。丹尼斯最好的朋友伯克利·科尔不久于人世了。丹尼斯发现伯克利多年来一直和一个索马里女人保持着关系。他震惊于这个发现并问道：'你为什么不告诉我？'伯克利回答'我觉得我不太了解你'。其实，我们正是基于我们自己的疑问去构建这个人物的。我们觉得，如果我们不够了解丹尼斯，那么伯克利可能也是如此。"

库尔特回忆说，他曾经考虑过改动某些对白。这些对白本来是为英国口音而写的。"我确实认为这些场景用英国口音表演会更好。如果事先知道我们不打算采用口音的方式，我会乐于把一些对白写得更透彻一点，但这未必能解决问题。对一个角色来说，如果没有人能很好地理解他，这会一直是个问题。"

我又问库尔特，他有没有其他的方法。从这种情况中我们能够学到什么？其他编剧在面对同样的问题时，他有什么建议？

"我觉得，从实践的层面上，要小心非虚构，要理解你准备虚构一个人物到何种程度。我认为在这方面不存在什么规则。我非常赞同某些人的观点，即'我的工作不是研究历史，我的工作是在影片中传达出最好的戏剧可能性，我要做的就是这个'。如果有人问我'你怎么看待《巴顿将军》(*Patton*)'，我会回答'我觉得《巴顿将军》是部杰出的电影，但它与我从历史中获得的对巴顿这个人的理解不一致。这是部好电影，我对此毫无争议'。相信我，如果下一次我还要运用传记中的非虚构素材，我会小心地搞清楚自己是否感到素材足够好，搞清楚自己在对事实失望时会不会感到紧张。

"对这种情况，我想说的是'有些问题是我们曾经轻松解决过的，有些问题是我们没有解决过的'。"

📖 课后实践

运 用

当你遭遇人物问题时，首先想想本书前述的那些中心概念。如果你能查明问题的所在之处（人物不合理、缺乏立体性、没有情感生活、价值观不清晰等），那么很多针对性的练习能够帮助你突破问题。

如果还是不奏效，那就问自己以下的问题：

- 我是否使人物成为独特的人？他们是否过于笼统？
- 我喜欢他们，理解他们吗？
- 我的辅助人物是否正在接管故事？这种接管是使故事受到损害还是使其得到了有趣的发展？我是否愿意暂时跟随该人物，看看会发生什么？
- 我有无对人物问过"如果"的问题？我有无尝试改变其性别、背景或外貌？
- 我是不是过度工作，导致脑子不动了？我的生活里是不是只有写作这件事了？我有没有花时间体验生活，以便有更多可写之物？

小 结

写好人物是个复杂的过程，遇到问题并不稀奇。瓶颈是这一过程很自然的组成部分，即使最好的创作者也会遭遇到它。运用某些解决问题的技巧可以减轻你的沮丧，并把你引向有助于使人物变得生动鲜活的出路。

后　记

本书的写作是一次探险。与这些成功的虚构作品作者们谈话拓宽了我对创造绝妙人物所需的知识和精妙技巧的认识。每一次，我都是怀着对他们作品的敬意开始访谈的。而当访谈结束时，我对他们本人的敬意甚至更上一层楼。见解、观察和口才显然使他们成为非常独特的人。

很多写作者都强调了相同的论点，即为了更好地理解人物，观察周围生活、反思自身经历是非常重要的。然而，使我触动最深的，或许就是每个编剧、作家似乎都找到了他或她内心的声音。他们都有颇具价值的东西需要表达，并通过作品交流着某种对生活的观念。无论他们写的是打破隔绝人们之间障碍的必要性，还是救赎，抑或人们面临的道德抉择，个人的观点始终贯穿在他们的写作中。

通过剧本顾问的工作，我认识到，写作者们可以学会相信并去培养这种个人的声音。才能固然是写作中很重要的一部分，但是它极少会不请自来。才能通常包含着艰苦的工作、一定的训练、大量的练习以及学会相信并清晰表达个人的独特观点。

我希望本书能有助于你发现自己内心的声音并使你认识到，了解自我对任何创造人物的过程都是一个有力的起点。我还希望，在你的创作过程中，本书能给予你鼓舞并帮助你创造生动而难忘的人物。

感谢以下机构和个人授权我们引用他们的材料

Warner Bros. Inc. for excerpts on pages 36–38, © 1989 Warner Bros. Inc.; Paramount Pictures for excerpts from *Witness*, © 1985 Paramount Pictures Corporation; Castle Rock Entertainment for excerpts from *When Harry Met Sally*, © 1989 Castle Rock Entertainment; Faber and Faber Ltd. for excerpts from *Les Liaisons Dangereuses* by Christopher Hampton, © 1985; Viking-Penguin for excerpts from *Ordinary People* by Judith Guest, © 1979 by Viking Press; United Artists Pictures, Inc. for excerpts from *Rain Man*, © 1988 United Artists Pictures; Picturemaker Production Inc. and Glenn Gordon Caron for excerpts from "Moonlighting," © 1985; MCA Publishing Rights for excerpts from *Midnight Run*, © Universal Pictures, a division of Universal City Studios, Inc., courtesy of MCA Publishing Rights, a division of MCA, Inc.; Embassy Television and Columbia Pictures Television for excerpts from the "It Happened One Summer, Part II" episode of "Who's the Boss," written by Martin Cohan and Blake Hunter, © 1985 Embassy Television; Paramount Pictures for excerpts from the "Showdown, Part I" episode of "Cheers," written by Glen and Les Charles, © 1990 by Paramount Pictures; Lorimar Television for excerpts from the "Conversations with the Assassin" episode of "Midnight Caller," written by Richard DiLello, © 1988 Lorimar Television; Samuel French, Inc. for excerpts from *One Flew Over the Cuckoo's Nest*, © Dale Wasserman; United Artists Corporation for excerpts from *War Games*, © 1983 United Artists Corporation; 20th Century Fox Film Corporation for excerpts from *Broadcast News*, a Gracie Film, a 20th Century Fox Production, © 1988; Dramatists Play Service for excerpts from *I Never Sang for My Father*, written by Robert Anderson, © Robert Anderson; Random House for excerpts from *Act One*, written by Moss Hart, © 1959 Random House, New York.

附　录
"电影中的女性"卢米纳斯奖评奖标准

女性人物
- 是多维度人物并处于多种社会和个人关系中。
- 大范围地反映着当今社会中不同人的年龄、种族、社会经济阶层、生理外观和职业状况。
- 通过态度、行为、内在目的推动着故事,进而影响到结局。
- 通过个人意志克服了不利环境,并且……

在全片中
- 提供了见解和新的认识,提供了在历史上或在当代做出过突出社会贡献的女性人物楷模。
- 认可女性在诸如权力、金钱、政治和战争等问题上的重要性,并显示出对女性贡献的独特看法。
- 认识到家庭规划、子女照顾、平等就业机会等话题,以及诸如强奸、乱伦和虐待等社会问题具有普遍的重要性。
- 显示出各个年龄的女性都需要包含着亲密、温暖、关怀、理解的爱情和性生活。

出版后记

在一部影片中，什么才是最重要的事？是主题，还是故事？

答案是人物。如果编剧不能塑造出一群活灵活现、令人过目难忘的人物，光有主题和故事的剧本，无法得到审读人、制片人和观众们的青睐。编剧畅销书作者、好莱坞资深剧本顾问琳达·西格在写完了《编剧点金术》这一提升编剧创作能力的宝典之后，又将她的讨论延伸集中到了剧本的关键——人物上。

琳达·西格访问了三十余位来自电影、电视、小说、舞台剧、广告等领域的创作者，聆听他们的写作心得，总结出了一条普遍的规律：活灵活现的人物形象并不会凭空出现，而是创作者们感受到表达内心声音的必要性、掌握了表达内心声音技巧的成果。通过观察、积累，创作者们才得以找到自己切入生活的角度和对生活的观念。人物的细节，就是创作者们从万花筒般的生活中攫取的一块五光十色的碎片。再借助艰苦的工作、大量的写作练习，创作者们才得以将自己的积累注入虚拟人物之中，通过人物的一言一行，将自己作品的主旨——无论是人的道德抉择、救赎，还是打破人与人之间隔阂，一起呈现给观众。

《创造难忘的人物》一书着眼于创造人物及人物关系的过程。琳达·西格指导读者从发掘文化环境、成长历程、职业习惯等因素对人物的影响入手，从一致性与矛盾性两个方面描画出人物的轮廓，再通过创造幕后故事、研究人物心理活动等手段充实人物。在塑造出主要人物的基本形象后，琳达·西格进一步指导读者添加辅助人物和次要人物，为故事进一步增添色彩和质感；指导读者打磨人物对白，在人物关系间营造冲突、情感和态度。在本书的最后一部分中，作者补充了如何创作不同类型的非现实人物、如何避免刻板描写等进阶指导，并提供了一系列读者可以对照自查的问题，帮助读者在遇到人物塑造难题、故事发展瓶颈时找到突破口。借助作者的眼睛去审视整个创作过程，读者不仅可以学到与塑造人物相关的理论和经验，也能在这个过程中发展出一套高效、完善的写作流程。

早在多年以前，许多业内编剧、高校师生就已经在参考使用本书的英文版，并向我们推荐，因此琳达·西格教授的编剧教程系列一直是后浪出版计划中的重点。继 2015 年出版第一本《编剧点金术》之后，历经各方面努力，我们终于在今天奉上了该系列的第二本，在此，尤为感谢译者高远老师很早就出于个人兴趣完整翻译了全书，他专业流畅的译稿大大推进了编辑出版进程，为本书增色不少。同时，我们在编校工作中，仔细考察了中美编剧在工作习惯、专业词汇方面的差异，将专业词汇或逐一附上原文，或加上脚注，供读者参考。若仍然存在疏漏之处，希望读者朋友们不吝指正，我们会在日后予以更正。

现在，你已经找到了正确的答案。接下来，请用你在本书中获取的知识，结合你的经验、观察、想象，去创造出更有力、更清晰、更立体的人物吧！

后浪电影学院

2025 年 4 月

编剧点金术：剧本写作与修改指南
（第3版）

★ 朗·霍华德最推崇的资深剧本顾问
★ 风靡好莱坞三十年的经典剧作指南

我发现《编剧点金术》太有用了，尤其是关于剧本核心问题和创造场景段落的章节。自从《阿波罗13号》时起，我就一直按照书中的观念来拍电影。
——朗·霍华德，《阿波罗13号》《美丽心灵》《达·芬奇密码》导演

《编剧点金术》不仅能帮你理解写出卓越作品的惯用技巧，它还会帮你掌握这些技巧、打破惯例，并强迫你对自己提出富有挑战的问题——没有这一自我磨砺的过程，剧本就会迷失方向。对有抱负的编剧以及职业老手而言，这是一本必读的书。
——波比·莫雷斯科，奥斯卡最佳原创剧本《撞车》联合编剧

琳达的书对我的帮助非常之大。所有有抱负、正在从事编剧工作的人都应该研究她在书中关于剧本结构、人物发展的论述。
——斯图尔特·贝亚蒂耶，《借刀杀人》编剧、《加勒比海盗》联合编剧

著者：[英]琳达·西格
译者：曹怡平
书号：978-7-5502-1620-4
出版时间：2015.3
定价：35.00元

内容简介 ｜ 本书是琳达·西格多年剧本咨询与教学实践的经验总结，自1987年初版以来便广获好评，是全世界最有影响力的剧作书之一。从整合创意到设置视点、创造场景、撰写对白、制造冲突，全书由浅入深，循序渐进，让读者产生亲历编剧课堂之感。同时，作者特别细心地点出新人编剧易犯的错误所在，并给出创作思路方面的建议。全书最后更附有好莱坞著名编剧保罗·哈吉斯的个人创作谈，以获得奥斯卡最佳原创剧本奖的《撞车》、获得英国电影学院奖最佳改编剧本奖的《007：大战皇家赌场》为例，与书中提到的创作理念形成了有效互动。

书中还具有针对性地分析了一批经典剧本，如《阳光小美女》的人物出场方式、《回到未来》的伏笔、《蝙蝠侠：黑暗骑士》的"时钟装置"等，帮助读者最直观地理解和掌握这些剧作技巧。而每章末尾精心设计的课后思考题，则便于读者对所学知识点进行回顾与自测。无论对电影、电视编剧，还是对商业广告等文创人员，本书论述的讲故事的技巧都具有很强的实用价值。